# 나의 첫번째 거짓말

# 나의 첫 번째 거짓말

초판 1쇄 펴낸날    2026년 2월 27일

지은이 황보나 하유지
        지혜진 이선주
        김선정
펴낸이 이건복
펴낸곳 도서출판 동녘

편집 김현정 김혜윤 이심지 이정신 이지원 홍주은
디자인 김태호
마케팅 임세현 신연경
관리 서숙희 이주원

만든 사람들
편집 김현정 디자인 블루버드씨

인쇄 새한문화사    라미네이팅 북웨어    종이 한서지업사

등록 제311-1980-01호 1980년 3월 25일
주소 (10881) 경기도 파주시 회동길 77-26
전화 영업 031-955-3000  편집 031-955-3005  팩스 031-955-3009
홈페이지 www.dongnyok.com  전자우편 editor@dongnyok.com
페이스북·인스타그램 @dongnyokpub

ISBN 978-89-7297-201-3 (43810)

- 잘못 만들어진 책은 구입처에서 바꿔 드립니다.
- 책값은 뒤표지에 쓰여 있습니다.

# 나의 첫 번째 거짓말

황보나

하유지

지혜진

이선주

김선정

동녘

차례

# 나비리본

황보나

횡단보도를 건너는 아이의 머리가 양 갈래로 높이 묶여 있다. 큼지막한 나비리본 머리끈이 아이의 걸음에 맞춰 발랄하게 흔들린다.

"정연아, 고개 숙이고 걷지 좀 말라니까."

나도 모르게 또 고개를 떨어뜨렸나 보다. 서걱거리는 잔소리에 목을 다시 빳빳하게 세운다. 갈래머리 아이는 꺾어진 골목으로 들어간 듯 시야에서 사라진 후다. 가만히 숨을 고르고 가슴을 쓸어내린다. 나는 나비리본에 민감하다. 리본을 보면 시선을 떨어뜨리지 않고는 견딜 수가 없다.

* * *

그 일이 있고 얼마 안 있어 해리가 전학을 가고, 또 해리의 가족이 뿔뿔이 흩어졌다는 말이 나돌 때만 하더라도 나는 그러려니 했다. 해리네 부모님이 이혼을 한 이유는 해리네 아빠의 사업 문제라고 들었기 때문이다.

그러나 문득문득 따끔거렸다. 웹툰을 신나게 정주행 하다가도, 친구들과 네 컷 즉석 사진을 시끄럽게 찍다가도, 학원 버스를 멍멍히 기다리다가도 가슴 오목뼈 안쪽이 따가웠다. 어쩌다가 우연히 나비리본을 목도하는 순간을 만나기라도 하면 그 정도가 걷잡을 수 없이 심해졌다.

해리의 이름은 해리가 아니다. 해리는 내가 지어낸 가짜 이름일 뿐이다. 해리의 진짜 이름을 말하고 싶지는 않다. 따끔거림을 몇 번 겪다 보니 그렇게 되었다. 어떻게 내가 해리의 진짜 이름을 입에 올릴 수 있겠는가.

해리는 초등학교 때 내가 키우던 강아지 이름이다. 내가 아빠와 엄마를 데면데면히 대하기 시작할 무렵 선물로 받았다. 나는 푸들 해리를 좋아했다. 웬만한 사람보다 더 많이 사랑했다. 해리는 체구가 작았지만 활발하고 건강했다. 새까맣게 빛나는 눈으로 나를 뚫어져라 쳐다봐 주었고, 어디서든 폴짝폴짝 겁 없이 뛰어놀고, 뭐든지 잘 먹었다. 그래서 아무거나 줘도 되는 줄 알았다. 해리는 내가 준 포도를 먹고 죽었다. 강아지에게 포도가 좋지 않다는 걸 모르지 않았지만, 해리는 워낙 튼튼해서 괜찮을 줄 알았다. 일이 그렇게 되어 버릴 줄은 정말 몰랐다.

시작은 내가 찍은 와이브이의 사생활 사진이었다. 인기가 많은 편인 솔로 가수 와이브이는 다음 앨범을 준비하는 공백기를 가지고 있었다. 당시 나는 스터디 카페에 있다가 편의점에 가려고 상가 건물을 빠져나온 참이었다. 같은 상가에 편의점이 있긴 했지만 좀 걸으면서 머리를 식히고 싶었다. 공부를 열심히 한 후 갖는 쉼표 느낌의 산책이 아니었다. 제발 책을 펼칠 의욕이 생기길 바라는 목적의 외출이었다. 그렇게 다음 편의점, 아니 다다음 편의점을 찾으며 정처 없이 걷다가 외진 골목길에서 와이브이를 보았다. 검정색 모자를 푹 눌러썼지만, 아이돌이라면 나름 빠삭하게 꿰고 있던 나는 와이브이를 바로 알아봤다. 그 옆에 있던 새하얀 피부의 여자 역시 짙은 색 벙거지로 얼굴을 절반가량 가렸는데, 그렇게 가리고 있어서 더 연예인 같은 느낌이 들었다.

골목에는 나뿐이었고, 그 둘은 나를 보지 못한 상황이었다. 각자의 옆구리 면적을 반절 이상 붙인 채로 손깍지를 끼고 있는 그들을 보자마자 나는 어떠한 직감에 이끌려 휴대폰 카메라를 조심스럽게 켰다.

재빠르게 여러 장의 사진을 찍었다. 그리고 조용히 지나쳐 갔다. 내가 지나가는 순간에야 인기척을 느낀 그 둘이 흡, 하고 놀라는 소리를 내긴 했지만 나는 아무것도 모르는 척 유유히 걸었다. 유명 연예인의 열애를 혼자 목도한 희열을 속으로만 포효하며 사뿐사뿐 발을 내디뎠다.

"대박인 거 보여 줄까?"

다음 날 학교에 간 나는 주변에 앉은 친구들에게 그 사진을 보여 줬다.

"헐, 와이브이네?"

"진짜? 오, 진짜네?"

"옆에 심보린 아니야?"

"어? 진짜 심보린이네! 대박!"

"심보린이 누군데?"

"신인 배우잖아."

찾아보니 이목구비가 또렷한 인상적인 마스크였다. 삼삼오오 모여들던 아이들의 수가 급격하게 늘어났다.

"이걸 어떻게 찍은 거야?"

"완전 특종 감인데?"

점심시간이 지나자 옆 반은 물론 다른 학년 선후배들까지 몰려와서 사진을 보여 달라고 아우성이었다.

"진짜 대박이다!"

"완전 빼박이네!"

"대단하다, 너."

호들갑에 으쓱해진 나는 사실을 약간 부풀렸다. 길을 걷다 실루엣만으로 와이브이의 뒷모습을 알아챘고, 30분가량 완벽한 미행 후 겨우 건진 사진들이라고 지껄여 댔다.

"와, 장난 아니다!"

"첩보 영화 아님?"

내 활약상을 찬탄하는 소리가 여기저기서 들렸다.

"근데 2반 반장 삼촌이 연예부 기자라고 하지 않았나?"

"맞아."

"나도 그렇게 들은 것 같아."

그렇게 나는 옆 반 반장의 삼촌에게 그 사진을 넘기게 되었고 제보의 보답으로 꽤 두둑한 금액의 상품권을 선물 받았다. 사흘도 지나지 않아 와이브이의 열애 기사는 포털 사이트 연예란을 도배했고, 기사 속 사진은 죄다 내가 찍은 것들이었다. 와이브이는 배우 심보린과의 열애를 빠르게 인정하며 공식 커플이 되었다.

새로운 뉴스는 파도처럼 끊임없이 밀려오기에 이슈는 또 다른 이슈로 덮였고, 그렇게 나의 떠들썩했던 파파라치 경험도 금세 잊히는 듯했다.

"저기, 정연아."

낮의 길이가 다시 짧아지기 시작했을 때, 해리가 내게 말을 걸었다. 해리와 눈이 마주친 나는 눈자위에 뻑뻑함을 느꼈다. 해리는 예뻤다. 예쁘다는 건 주관적일 수 있다. 몇몇 아이들은 해리가 너무 해리네 엄마 나라 사람처럼 생겨서 얼굴이 튀는 게 마음에 들지 않는다고 그랬으니까. 하지만 딸이 엄마를 닮는 건 당연한 거 아닌가. 게다가 그 나라 사람이 그 나라 사람처럼 생긴 게 뭐가 어때서. 내 눈에 해리는 예쁘기만 했다. 예쁘니까 돋보이는 것이다.

"어? 왜?"

나는 해리와 그다지 친하지 않았는데, 사실 해리에게는 친한 친구라고 할 아이가 없기도 했다. 따돌림을 당하는 건 아니고 오히려 여러 친구들과 두루 잘 지내는 수더분한 성격이었지만, 단짝이라든가 속해 있는 무리라든가 그런 건 없었다는 말이다.

"있지, 나 너한테 할 말이 있는데, 여기서 하기에는 좀 그런데……."

그렇게 나와 해리는 텅 빈 체육관을 찾아 구석에 쌓인 매트 위에 나란히 앉았다. 해리가 앉은 부분은 매트의 높이가 그대로인데, 내 엉덩이가 닿은 부분은 매트가 푹, 꺼져 버렸다. 나는 그냥 인간이고 해리는 천사 같네, 그래서 무게도 없는 건가,라는 생뚱맞은 생각이 잠깐 스쳐 갔다.

"여기 좀 썰렁하지?"

"난 괜찮아."

휑뎅그렁한 체육관의 공기가 서늘해서 팔뚝에 오소소 소름이 돋았지만 괜찮은 척했다.

"그래? 나는 추위를 많이 타서. 저거라도 덮어야겠다."

몸을 일으킨 해리가 바닥에 널브러져 있던 달창난 무릎 담요를 집어 탁탁, 소리 나게 털었다. 휘날리는 유백색 먼지를 보며 나는 잠깐 숨을 참았다가 내쉬었다.

"같이 덮자."

해리는 타탄 체크 무늬 담요를 가로로 길게 접어 내 다리에도 얹어 주었다. 해리의 부분은 삼분의 일 정도에 불과했고 내 몫이 훨씬 더 넓었다.

"난 괜찮은데……."

말끝을 흐렸지만 사양하지는 않았다. 고운 마음 씀씀이를 가진 해리와 한 공간에 있는 것만으로, 내 마음의 질감도 해리를 좇아 부드러워지는 것 같은 착각이 드는 게 되게 신기하다는 생각만 했을 뿐이다.

"이거 먹어."

해리가 주머니에서 작은 천도복숭아 두 알을 꺼냈다. 내게 내민 하나를 얼결에 받아 들었다.

"갑자기?"

"너 급식 안 먹었잖아. 오늘 비빔국수랑 석쇠불고기라고 애들 다 좋아하던데, 왜 안 먹었어?"

그야 당연히 비빔국수니까 안 먹었지. 나는 비빔국수가 싫었다.

"그냥. 근데 너도 급식 안 먹었어?"

"먹었어. 나한테 이건 후식."

그렇게 우리는 해리가 빡빡 문질러 씻어 왔다는 복숭아를 베어 먹기 시작했다. 물컹한 복숭아가 아니었음에도 나는 과즙을 뚝뚝 흘리며 추접스럽게 먹는 반면, 해리는 광고라도 찍는 것처럼 깔끔하게 먹었다. 그 모습이 내 의지와 상관없이 마음 한구석에 아로새겨지며 나는 불편함을 느꼈다.

"진짜 복숭아 맛이네."

복숭아에서 복숭아 맛이 나는 당연한 사실을 의외라는 듯 중얼거리는 해리의 말이 웃겨서 나는 키킥, 웃었다.

"그럼 진짜 복숭아지, 가짜 복숭아냐."

내가 놀리자, 해리가 꽃을 피우듯 활짝 웃으며 멋쩍어했다.

"그러게."

하지만 달큼한 복숭아를 베어 먹으며 해리가 한 말을 곱씹을수록 어쩐지 그 말이 무척 세련된 농담처럼 여겨졌다. 나중에 기회가 된다면, 진짜를 보며 진짜 같다고, 혹은 가짜를 두고 가짜 같다며 감탄하는 그런 농담을 나도 써먹어 봐야겠다고 생각했다.

"그래서 할 말이 뭔데?"

먼저 다 먹은 내가 물었다. 손에 묻은 과즙은 주인이 없는 것 같은 담요의 뒷부분에 슬쩍 닦아 버렸다. 해리가 옆머리를 귀 뒤로 넘기며 망설이듯 말을 시작했다.

"네 소질을 좀 빌릴 수 있을까 해서."

해리가 말한 소질이란 건, 누군가를 몰래 뒤쫓아서 새로운 무언가를 발견하는 그런 행위였다.

"그런 걸 소질이라고 할 수 있나?"

내가 입술 살갗을 뜯으며 머뭇거리자 해리가 안 그래도 큰 눈을 더 크게 끔뻑거리며 말했다.

"하지만 정연이 넌 해냈잖아. 와이브이 일도 그렇고."

해리의 말이 좀 의외였는데, 와이브이의 사진 때문에 교실이 떠들썩할 때에도 해리는 별 관심을 보이지 않았었기 때문이다. 내 안에서는 해리와 친해지고 싶은 마음과 해리가 언제나처럼 외톨이로 있길 바라는 마음이 양립했다. 그래서 관심이 없어 보이는 해리에게 굳이 따로 말을 걸지는 않았었다. 내게는 원래부터 좀 꼬인 구석이 있었고 해리에 대한 일이라면 특히 더 그랬던 것 같다.

학기 초에 해리가 지나치게 깡똥한 앞머리를 하고 교실에 들어온 적이 있다. 셀프로 앞머리를 자르다가 실패한 것 같았다. 아이들이 수군거리며 짓궂은 말들을 늘어놓자 해리가 딱딱하지만 친절한 말투로 말했다.

"나도 내 앞머리 이상한 거 알거든? 오늘 점심 전까지만 놀려."

해리는 지금 제일 속상한 건 바로 자기 자신이고 앞머리는 어떻게든 자라지 않겠냐며, 오후부터는 놀리지 말아 달라고 덧붙였다.

"부탁이야."

정중하고도 조리 있는 해리의 부탁에 아이들은 순순히 알겠다고 답했고 앞머리에 대해 더 이상 입을 대지 않았다. 나는 해리의 그런 단단함에 완전히 사로잡혔다. 그 후로 줄곧 해리가 나보다 우월하다고 생각했고, 어느 순간 나는 내가 해리와 비슷해지고 싶은 욕망을 품고 있다는 걸 알게 되었다. 내가 해리의 경지로 올라갈 수 있는 가능성은 거의 없어 보였지만 해리를 내려오게 할 수 있는 여지는 있는 것 같았다. 그래서였는지도 모르겠다. 내가 그랬던 것은.

"누구를 뒤쫓아야 하는데?"

"엄마."

"어?"

"아무래도 우리 엄마, 바람을 피우는 것 같거든."

얼마 전부터 해리의 안색은 어두울 때가 많았다. 저 혼자 응달 아래에 있는 것처럼 보일 때마다 해리의 안녕을 확인하는 말을 건네고 싶었지만 무슨 마음 때문인지 그런 말은 밖으로 나오지 않았다. 해리는 단단한 아이니까 나의 알량한 온기는 필요 없을지도 모른다고 지레 짐작했다. 이번에도 나는 일의 성공 가능성에 대해서만 메마르게 짚었다.

"실패할지도 모르는데, 그래도 괜찮아?"

"당연하지. 네가 정식 탐정 같은 것도 아니잖아. 이런 부탁하는 내가 더 미안하지, 뭐."

해리는 머리칼을 다시 귓바퀴 뒤로 넘기며 미안하다고 했고, 나는 그런 해리의 작은 등을 토닥여 주고 싶었지만 그러지 않았다. 해리는 내게 그 일의 보상을 어떤 방식으로든 치르고 싶어 했다. 돈으로 주는 건 좀 아닌 것 같다면서 필요한 게 있으면 자신이 선물해 주는 방식은 어떠냐고 물어 왔다.

"안 그래도 돼."

"그래도…… 네가 시간이 남아도는 것도 아니잖아."

"맞는데? 나 시간 남아돌아. 공부는 하기 싫고."

장난처럼 말했지만 진심이었다. 그즈음의 나는 하루하루가 무료했다.

"그래도 내가 너무 미안한데."

해리의 말에 나는 여전히 장난인 척 진심을 내보였다.

"그럼 내가 다니는 스카에 같이 다니자."

스터디 카페에 함께 다니면 지금보다 훨씬 더 많은 시간을 어울릴 수 있을 것 같았다.

"고작 그런 걸로?"

"고작 그런 거라니. 이번 달에 친구 새로 데려와서 등록하면 나한테 기간 연장권 나오거든?"

내가 목소리를 높이자 해리가 말끝에 웃음을 묻히며 수긍했다.

"그러자, 그럼."


사진으로 본 해리네 엄마는 해리와 많이 닮았지만 해리보다 조금 덜 예뻤다. 매주 일요일, 성당에 가는 루틴을 제외하고는 별다른 스케줄이 딱히 없는 일상이라고 그랬다.

"두 달 정도 된 것 같아."

월요일과 수요일 저녁마다 엄마가 밖으로 나다니기 시작했단

다. 개인 사업을 하는 해리네 아빠는 야근이 잦았고, 집에 와서도 노트북이나 휴대폰만 보다가 나가기 일쑤였다.

"엄마도 외로울 것 같긴 해. 그래도 이건 아니지."

해리는 화를 내는 것 같기도, 슬퍼하는 것 같기도 했다. 아빠 한 사람만 믿고 타국으로 건너온 엄마였다. 둘의 사이는 정말 좋았고 다투는 것도 본 적이 없다고 했다. 그러나 언제부턴가 점점 오가는 대화가 없어지더니 아빠가 집에 머무르는 시간이 줄어들고, 급기야 엄마도 누군가를 만나는 낌새라고.

"증거가 있는 거야?"

내가 물었다.

"없어. 없으니까 너한테 부탁하는 거지."

해리가 촉촉하게 빛나는 진갈색 눈동자로 결연하게 나를 쳐다보며 말을 이었다.

"아무한테도 말하지 말아 줄래? 너와 나만의 비밀로 해 줘."

"당연하지."

"3주 정도면 될까?"

"응. 그 정도면 충분할 것 같아."

"곤란하면 언제든 그만둬도 돼."

나는 알겠다고 했다.

화요일과 목요일에 학원을 가는 내게 월요일과 수요일의 미행은 안성맞춤이었다. 집에는 스터디 카페에 가는 걸로 알리바이를 만들어 두었다. 치밀함을 발휘하여 카페의 출석 태그도 미리 한 다음 행동을 개시했다. 해리와 스터디 카페에 다닐 생각에 들떠 내심 흐뭇하게 웃었다. 칸막이가 없는 자리에 나란히 앉아 책상을 넓게 쓰며 공부를 하는 게 좋겠다는 구체적인 상상을 하기도 했다.

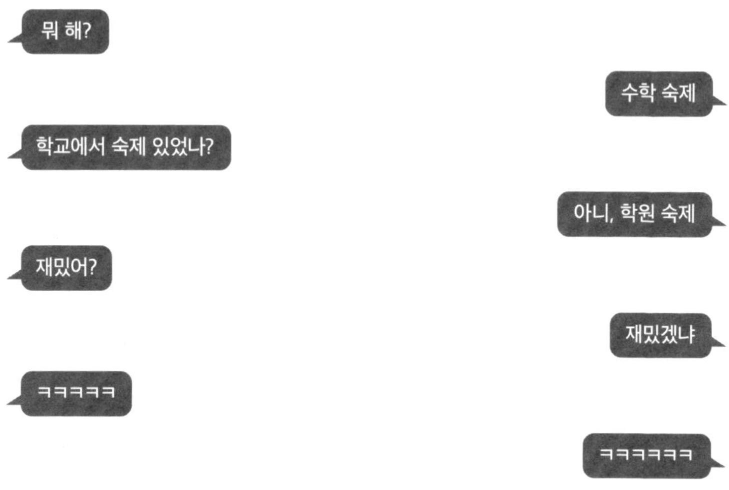


해리는 매일 밤 메시지를 보내왔다. 별다른 용건 없이 뭘 하고 있냐며 말을 걸었다. 이상하게 나는 해리에게 자꾸 거짓말을 하게 되었다. 학원 숙제 같은 건 있지도 않았고 방바닥에 눕듯이 앉아 발톱을 다듬고 있었을 뿐이지만 책상 앞에 있는 척했다. 어쩌면 나는 해리에게 좀 잘 보이고 싶은 마음이 있었는지도 모르겠다.

처음 해리에게 메시지가 왔을 때만 하더라도 나는 해리가 미행의 진척 정도나 새로 알게 된 정보 따위가 궁금해서 말을 거는 줄 알았다.



해리는 그 대사를 우리 채팅창의 상단에 고정했다. 내가 실수로
라도 해리네 엄마에 대한 정보를 말해 버릴까 봐 한 조치였다.







아직 잠이 오지 않았고, 잘 시간도 아니었지만 나는 늘 잔다는
말로 먼저 대화를 끝냈다. 해리와 중요하지 않은 말을 나누다가
중요한 말을 하게 될까 봐 겁이 났던 것 같다. 중요한 말이 뭔지는
모르겠지만 해리네 엄마에 대한 말은 아니었다.

그렇게 우리는 3주 후 금요일, 카페 테이블에 마주 앉았다.
"뭐 마실래? 내가 살게."
"망고 바나나 먹어도 돼?"
"당연하지."
배가 고팠던 나는 조금 비싸지만 묵직한 음료를 골랐다. 해리는
디카페인 아메리카노를 아이스로 주문했다. 해리네 엄마와 같은

취향이었다.

"……뭐를 좀 알아냈어?"

해리는 어지간히 긴장을 했지만, 사실상 수확은 거의 없는 것이나 마찬가지였다. 해리네 엄마는 그저 자치회관의 문화강좌 수강생으로서 줌바댄스를 추러 다닌 것뿐이었으니까. 해리가 생각하는 그런 사건은 없었다.

특이점으로 꼽을 수 있는 것이라곤, 휴대폰에서 본 사진과 다르게 메이크업을 짙게 한다는 것, 강당에 들어가기 전에 근처 카페에서 디카페인 아이스 아메리카노를 아주 연하게 주문하여 텀블러에 담아 마신다는 것, 춤을 출 때 큼지막한 나비리본으로 머리를 질끈 높게 동여맨다는 것 정도였다.

"근데 디카페인은 무슨 맛으로 먹어?"

해리의 긴장을 풀어 줄 겸, 괜히 묻는 말을 던졌다.

"그냥 커피 맛으로 먹지 뭐."

해리가 빨대로 커피를 휘휘 저으며 대답했다. 컵 안에서 얼음끼리 맞부딪치는 소리가 났다.

해리네 엄마가 매번 같은 음료를 시키는 걸 보고 나도 따라 먹어 본 적이 있다. 미행 세 번째 날이었다.

"이번에도 반의 반 샷만 넣어 드려요?"

아르바이트생이 해리네 엄마의 요청을 기억하고 그렇게 늘 되물어 확인했기 때문에 나도 똑같이 주문했다.

“아이스 아메리카노 디카페인으로 연하게요.. 반의 반 샷만 넣어서 테이크아웃 할게요.”

물론 내가 주문을 할 때에는 해리네 엄마가 카페에서 완전히 빠져나간 후였다. 나는 텀블러가 없어서 제값을 다 치러야 했는데 결과적으로 돈만 아까웠다. 디카페인 아이스 아메리카노를 옅게 먹는다는 건 커피 향만 조금 나는 맹물을 마시는 것이나 다름없었으니까.

“그거 알아?”

해리가 물었다.

“뭐?”

“내가 어딜 가는 건지 물어도 엄마는 말을 돌리기만 해. 근데 나는 왜 엄마한테 제대로 된 대답을 해 달라고 조르지 못하는 걸까. 나도 나를 잘 모르겠어. 엄마가 진짜로 바람났다고 고백해 버릴까 봐 겁이 나나 봐.”

바람이라는 말을 들으니 가슴 언저리가 뜨거워졌다. 그런 게 아니라고, 정말 잘못 짚었다는 말을 해야 한다는 걸 머리로는 알았지만 입이 쉬이 떨어지지 않았다.

“역시 그런 거지?”

어쩌면 나는 뭐가 그렇다는 건데? 하고 되물었어야 했는지도 모르겠다. 그렇지만 나는 그 불분명한, 아니 사실은 분명한 그 질문에 고개를 미약하게 끄덕이며 함부로 말해 버렸다.

“맞아.”

깊은 눈매 탓인지 해리의 눈길에서는 언제나 적요함이 느껴졌다. 그래서였는지도 모르겠다. 내가 어떠한 파문을 일으켜도, 해리는 스스로 금세 간단한 회복이랄지, 복구랄지, 그런 게 가능할 것 같았다. 저렇게 잔잔하고 심오한, 마치 너른 호수 같은 눈빛을 가졌으니 금방 다시 안온해질 수 있을 거라고 멋대로 판단했다. 거짓을 말하면 속이 엉망진창으로 쿵쿵거릴 줄 알았는데, 그렇지 않았다. 편편한 내 마음 안에는 은은한 평화마저 감돌았다.

“……우리 엄마 어때 보였어? 행복해 보였어?”

이번에는 명백하게 대답할 수 있었다.

“행복해하시더라.”

해리네 엄마가 내 얼굴을 알 리 없으니 비교적 수월하게 미행을 할 수 있었다. 줌바댄스는 오후 여섯 시에 시작이었는데 해리네 엄마는 다섯 시부터 들어가 있었다. 늘 첫 번째였다. 강당은 아무나 들락거릴 수 있는 자치회관 2층에 있었기에 유리 출입문을 통해 안을 들여다보는 것이 어렵지 않았다.

강당의 구조를 조금 설명하자면, 정사각의 그곳은 출입문이 있는 면인 복도 쪽과 정면이 전면 거울로 되어 있었고 복도 반대쪽은 반나마 통창이었다. 해리네 엄마는 강당 구석에서 텀블러에 담긴 연한 커피를 홀짝이며 스트레칭을 했다. 두 팔과 다리, 허리를 쭉쭉 뻗고 또 꺾으며 희미하게 미소를 짓고 또 환히 웃기도 했다.

기쁨을 느끼는 얼굴 그 자체였지만 다른 수강생들이 들어오면 도로 무표정이 되었다. 수강생들은 서로 반갑게 인사를 나누고 수다도 떠는 것 같았지만 해리네 엄마는 전혀 어울리지 않았다.

"월요일이랑 수요일만 나가더라고. 그것도 시간을 재는 것처럼 딱 두 시간 반만. 그날은 밥도 진짜 조금만 먹고, 뭐가 그렇게 좋은지 콧노래까지 흥얼거린다니까. 정말 짜증 나. 그뿐인 줄 알아? 향수는 또 얼마나 뿌리는지, 머리가 아플 지경이야."

나도 그 향수 내음을 맡아 본 적이 있다. 뒤따라 들어간 카페에서 나란히 서 있었던 적이 있으니까. 해리네 엄마는 주문한 커피를 기다리던 중이었고 나는 어떤 음료를 주문할지 고민하는 척 그녀를 관찰할 때였다. 훅, 끼치던 달달한 향이 인상적이고 좋았다. 나도 향수를 쓰긴 했다. 다만 밖에 나갈 때는 잘 뿌리지 않고, 샤워 후 자기 전에 팔목 안쪽과 목 안쪽에 살짝 찍어 발랐다. 그렇게 쓸 거면 뭐 하러 샀느냐는 핀잔을 들었지만 개의치 않았다. 나는 내가 맡으려고 향수를 뿌렸다. 내가 아끼는 향을 킁킁 맡으며 잠에 드는 건 하루 중 가장 기다리는 순간이기도 했다.

"상대는 어때? 좋은 사람 같아?"

"어, 그게……."

말문이 막혔다. 내가 우물쭈물하자 해리가 도와줬다.

"하긴, 어떻게 잠깐 보고 좋은 사람인지 아닌지 알 수 있겠어."

우리는 말없이 각자의 음료를 마셨다. 나는 지독한 거짓말의 덫에 빠진 듯한 당혹감에 휩싸였다. 누가 나를 떠민 것이 아니라, 내가 스스로 만든 덫에 자력으로 들어간 것을, 나 자신만은 똑똑하게 알고 있었기에 부끄러운 마음이 모락모락 피어올랐다. 그럼에도 당혹감이 커서 부끄러움을 지울 수 있었다. 그건 묘하게도 가능한 일이었다.

"혹시 사진 있어? 아니다, 안 볼래."

내가 어떤 말을 할 겨를도 없이 해리는 단념을 했다.

"나 잠깐 화장실 좀 다녀올게."

해리가 화장실에 간 사이 나는 해리가 마시던 컵 표면에 맺힌 물방울을 보며 기억을 톺아봤다. 두 번째 미행 때였을 것이다. 줌바댄스 수업을 하는 자치회관 바로 옆 건물 3층은 분식집이었다. 운이 좋으면 분식집 창문을 통해 강당 내부를 더 잘 볼 수 있을 것 같았다. 수강생도 아닌 내가 자꾸만 기웃거리는 게 수상쩍게 보일까 싶어 우려스럽던 차였다. 혼자 무언가를 사먹는 게 익숙하지 않아 쭈물거리긴 했지만 용기를 내어 떡튀 세트 1인분을 시켰다. 비어 있는 창가 자리에 앉자 강당 내부의 사분의 일 정도가 훤히 보였다. 머릿속 그림과 딱 맞아떨어지는 상황에, 정말 유능한 탐정이라도 된 듯 우쭐해졌다.

곧 나온 떡볶이의 밀떡은 먹기 좋게 말랑말랑했고, 나는 음미하듯 천천히 배를 채우며 그곳을 내려다봤다. 수강생들은 지정석이 있는 건지 늘 같은 자리에서 춤을 췄는데 해리네 엄마의 고정

자리는 맨 뒷줄에서도 분식집 건물 쪽 가장자리였다. 내 시야에 가장 가깝고도 온전하게 있는 그녀는 빈말로라도 결코 댄스에 재능이 있다고는 볼 수 없었다. 팔다리는 뻣뻣 그 자체였고 표정 또한 경직되어 있었다. 배경이 줌바댄스 강당이 아니었다면, 군사훈련을 받고 있는 신참 병사라고 보는 게 더 자연스러울 지경이었다. 다른 이들은 리듬에 맞춰 다 같이 구령 같은 기합을 내지르기도 했지만, 해리네 엄마의 입은 일자로 꾹 다물어진 상태를 유지했다. 그러나 순간순간 설핏 미소를 머금었고, 또 어떤 찰나에는 수줍은 웃음을 함빡 짓기도 했다. 경쾌한 템포에 따라 동작이 바뀔 때마다 해리네 엄마의 머리에 달린 나비리본이 너울너울 덩달아 움직였다. 한 층 위에서 약간 내려다보듯 관찰하니 명징하게 느낄 수 있었다. 그녀가 행복을 만끽하고 있다는 것을. 그리고 리본 때문에 하는 말이 아니라 정말 한 마리의 나비와 같다는 것을.

"뭐 더 먹을래?"

화장실에 다녀온 해리가 내 앞에 다시 앉으며 물었다. 반 넘게 남은 해리의 음료와 달리 내 컵은 비어 있었다.

"아니, 배불러."

나는 연극적으로 배를 두들기며 해리와 눈을 마주치지 않으려고 노력했고, 해리도 내 눈길을 피하느라 허둥댔다. 해리는 울고 온 기색이 역력했다. 눈두덩이와 콧잔등이 발그스름했다. 만약 해리가 내 앞에서 눈물을 흘렸다면 나는 진실을 털어놓았을까. 울어 놓고 울지 않은 척하는 모습을 보며, 나는 이미 늦은 것 같다고 결론을 내렸다. 늦었다고 생각했던 그때가, 사실은 늦지 않은 때였다는 것을 미처 몰랐다. 아니, 모른 척했다.

"아무튼 고마워."

"……이제 가려고?"

"으응. 더 알고 싶은 건 없는 것 같아."

나는 해리를 붙잡지 않았다.

"내가 갖다 놓을게."

나는 컵 두 개를 반납대에 올려 두었다. 마치 내가 해리에게 해 줄 수 있는 일이 이것뿐인 것처럼.

"미안하고 고마워."

카페 밖에서 해리가 또 내게 인사를 해서 나는 손을 휘저으며 아니라고, 미안할 것도 없고 고마울 것도 없다고, 나는 괜찮다는, 말을 두서없이 주절거리다가, 아차 싶었다. 내 표정을 읽은 해리가 조금 뚝뚝한 투로 말했다.

"너는 애가 왜 그렇게 겸손하냐?"

"어? 네가 나를 잘 몰라서 그래. 나 그렇게 좋은 사람 아니야."

해리와 이야기를 나누었던 시간을 통틀어 이 순간이 제일 진실했다.

"거봐. 그런 말이 네가 겸손하다는 근거라니까."

해리가 나를 다독이듯 말했다. 말을 하면 할수록 더 겸손한 이미지로 굳어질 것 같아 나는 말을 말았다.

"다음 주에 스터디 카페나 등록하러 가자."

"그래."

우리는 헤어졌고, 집으로 돌아오는 길의 내 발걸음은 가볍디가
벼워서 마치 허방을 내걷는 것 같았다.


다음 날인 토요일에는 집 밖으로 한 발자국도 나가지 않았다.
침대 위에서 생각에 생각을 거듭하다 보니 이게 다 비빔국수 때
문이라는 판단이 섰다. 아빠는 전국 곳곳으로 출장을 자주 다녔
고 장기 출장이 잡힐 시기에는 출장지에 숙소를 두고 지내기도
했다. 아빠를 보러 아빠의 출장지에 놀러 간 적이 있다. 그때 엄마
는 내가 가지 않기를 바라는 눈치였지만, 아빠 숙소에서 바다가
보인다는 말에 혹하여 엄마를 설득해 내고 말았다. 강아지 해리
를 가족으로 들이기 직전에 있었던 일이다.

"뭐 맛있는 거 먹을래?"

내가 온 게 반가웠던지 아빠가 연신 웃는 얼굴로 물었다.

"아무거나."

"그럼 비빔국수나 먹으러 갈까?"

그렇게 나는 낯선 도시의 비빔국수 가게에 들어갔다.

"네가 정연이구나."

가게에 들어서자마자 보랏빛 줄무늬 블라우스를 입은 짤따란

아줌마가 나를 보며 반색을 했다. 내가 입고 간 겉옷과 색이 비슷한 블라우스인 게 좀 싫었다.

"어, 네, 안녕하세요."

나는 선웃음을 지으며 허리를 숙였다. 계산대를 편히 드나드는 걸 보니 가게 주인인 듯했다.

"아빠한테 들었던 것보다 훨씬 더 귀엽네."

분명 칭찬인데 이상하게 불쾌했다. 아빠는 느물느물 웃기만 했고, 따로 주문을 하지 않았는데도 비빔국수 두 그릇이 우리 테이블 위에 올라왔다. 잘리지 않은 삶은 계란이 그릇당 두 개씩이나 들어가 있고 채 썬 오이와 상추도 면발이 보이지 않을 만큼 수북했다. 맛있게 먹으라는 흔한 인사를 듣는 둥 마는 둥 하던 나는 아줌마가 국수를 내려놓자마자 아빠의 허벅지를 스치듯 만지며 가는 걸 보고 말았다. 아빠는 동요하는 기미 한 톨 없이 국수를 비볐다. 입안이 텁텁해진 나는 국수를 거의 먹지 못했다.

"왜? 많이 매워?"

내 그릇을 보며 아빠가 눈썹 사이를 찌푸리더니 물었다.

"아니."

"그럼? 맛이 없어?"

"아니. 아까 기차에서 빵을 너무 많이 먹었나 봐."

아빠가 맛있는 것을 사 준다고 해서 기차에서 아무것도 먹지 않았지만 거짓말을 했다.

“어머, 나도 빵 좋아하는데.”

언제부터 듣고 있었던 건지 아줌마가 대뜸 끼어들었다.

“요 앞에 빵집 정말 맛있어. 정연이는 무슨 빵 좋아하니? 아줌마가 사다 줄게.”

“뭐 잘 먹지? 소금빵인가 그것도 잘 먹고 팥이랑 버터랑 같이 들어 있는 것도 좋아하더라고.”

내가 대답할 틈도 없이 아빠가 끼어들었다. 아빠는 나와 빵을 사러 간 적도 없으면서 되게 자상한 사람인 척했다. 그렇지만 아빠가 말한 빵들은 내가 좋아하는 종류가 맞긴 했다.

“정말 다 먹은 거 맞아?”

아줌마가 빵을 사러 나간 사이 아빠가 물었다. 고개를 끄덕이자 아빠는 내 몫의 비빔국수까지 마시듯 먹기 시작했다. 삶은 계란을 도합 네 개나 입에 처넣은 셈이다. 나는 그 꼴을 보고 싶지 않아 고개를 돌려 텔레비전을 보는 척했다. 화면에서는 싸움이 그치지 않는 가족들의 영상이 연속적으로 나왔다.

“소금빵이랑 앙버터는 다 나갔다고 하더라고. 그래서 다른 걸로 사 왔어. 이것도 잘 나간대.”

아줌마는 소시지가 들어간 빵과 케첩이 묻은 종류를 사 왔다. 나는 피자빵이나 고기류가 들어간 빵은 전혀 좋아하지 않기 때문에 하나도 반갑지가 않았다. 아니 아줌마가 무얼 사 왔다고 하더라도 다 싫었을 것이다.

"고맙습니다."

"어휴, 어쩜 이렇게 예의도 발라. 아빠 닮아서 그런가."

화장실에 다녀오겠다고 했다. 아빠는 온육수를 들이켜느라 정신이 없었고 바깥으로 나 있는 화장실의 비밀번호를 확인한 나는 욕지기를 잠깐 참았다. 아빠의 생일로 된 비밀번호 네 자리를 누르고 화장실 안으로 들어갔다가 다시 나왔다. 화장지가 없어서 가지러 다시 식당으로 들어가려던 찰나 아줌마가 아빠의 어깨를 끈적끈적하게 매만지는 걸 보았다. 아빠의 손은 아줌마의 골반을 문지르고 있었다. 나는 휴지 없이 작은 볼일을 보았다. 우리는 국수 값을 치르지 않고 식당을 빠져나왔다.

"아빠 친구야?"

주어 없이 물어봤다. 내가 누구를 일컫는지 알고 있는 아빠가 고개를 주억거렸다.

"언제부터?"

"여기 와서부터지."

당연한 걸 왜 묻느냐는 오만한 말투가 거슬렸다.

"친해?"

애꿎은 빵만 주물럭거리며 물었고, 아빠는 답을 피했다.

"디저트로 빙수 먹을래?"

"아니."

내가 듣고 싶지 않은 답을 듣게 될까 두려워진 나는 집요하게 묻지 못했다. 아무리 친하다고 하더라도 둘의 모습은 불미스러웠다. 나는 아무것도 모르는 머저리가 아니었다. 눈을 가늘게 뜨고 아빠를 훔쳐보았는데, 아빠는 아주 편안해 보였다. 아빠는 언제까지나 아빠이겠지만, 나는 앞으로 아빠를 아빠로 삼지 말아야겠다고 생각했다.

모처럼의 장거리 나들이라 기분도 낼 겸 새로 산 점퍼를 처음 입고 간 터였다. 등 부분에 그려진 무늬도, 도톰한 재질도, 쨍하지 않은 색깔도 모두 다 내 마음에 쏙 드는 것이었지만 나는 더 이상 그 점퍼를 입지 않는다. 그걸 보기만 해도 그날의 아빠와 비빔국수 아줌마가 자동으로 연상되기 때문이다. 집으로 돌아온 나는 며칠을 벼르다가 엄마에게 말을 해 보기로 했다.

"엄마, 나 오늘 엄마랑 자도 돼?"

나는 이따금 엄마의 이불 속을 파고들었는데, 마음이 이유 없이 싱숭생숭할 때나 고민이 있을 때면 더 그랬다. 엄마는 사계절 내내 여름 이불을 덮었는데 시원하게 까슬까슬한 느낌이 어떤 때는 좋고 어떤 때는 안 좋았다.

"우리 딸 오랜만이네."

엄마가 나를 위해 자리를 내 주며 말했다. 나는 앓는 소리를 내며 엄마 옆에 누워 엄마 손을 잡은 채로 오랫동안 미적거렸다. 눈을 감은 엄마 또한 아직 잠에 들지 않았다. 엄마는 잠버릇으로 코를 낮게 골았기 때문에 가만가만 숨을 쉬고 있다는 건 자는 척을

뜻했다.

“엄마, 자?”

엄마는 대답을 하지 않았고 나는 충분한 간격을 두며 묻고 또 물었다.

“왜에?”

세 번째 물음에서야 엄마가 다정하지만 건조하게 되물어 왔다.

“있잖아. 나 그저께 아빠한테 다녀왔잖아.”

“응.”

“그런데 아빠가 있잖아.”

나올 듯 말 듯 나오지 않던 말이 마침내 나오려고 하는 순간이었다.

“알아.”

엄마가 칼질을 하듯 말허리를 뎅겅 잘라, 나는 멈칫했다.

“어?”

“엄마도 안다고.”

엄마의 말투는 화가 난 것 같기도 했고 아닌 것 같기도 했다. 나는 어떤 말을 해야 좋을지 알 수 없었다. 막연한 막막함이 나를 짓눌렀다. 엄마는 거의 언제나 내게 다감했지만 아주 가끔 지나치게 냉담할 때도 있었다. 그럴 때마다 내 마음은 대적할 수 없는 무언가에 의해 철저히 가로막혔고, 절벽으로 곤두박질을 쳤다.

“지나갈 거야. 다 왔어. 이제 곧 끝날 거야. 얼른 자.”

엄마의 푸석푸석한 손바닥이 내 눈을 가렸다. 이미 감긴 눈꺼풀이 또 덮였다. 엄마는 얼른 자라고 한 번 더 말했다. 나는 그날 이후로 엄마 곁에서 잠을 청하는 일을 그만두었다. 다른 여자와 습관적으로 재미를 보는 아빠가 미웠고 그걸 모르는 척하는 엄마는 더 미웠다. 하지만 세상에서 단연 미운 것은 그 둘 사이에서 태어나고 자란 나 자신이었다.

엄마와 아빠는 사이가 괜찮은 척 지냈다. 내 생일에는 다 함께 아이스크림 케이크도 나눠 먹었고, 내가 영어 시험에서 처음으로 백 점을 맞자 같이 아웃렛에 가서 내 운동화를 사 주기도 했다. 엄마도 그렇고 아빠도 그렇고 내게 거짓을 말한 적은 없지만, 거짓말을 한 거나 다름없었다. 두 사람은 자기들의 그런 말과 행동들이 소외된 내 마음 밑바닥에 얼마나 깊은 상흔을 새겼는지 알까. 모르겠지. 알았다면 나를 보며 그렇게 웃을 수는 없지 않을까.

나는 아빠에게 다녀오기 전과 비슷하게 지냈다. 적어도 표면적으로는 그랬지만 나의 내면에 대해서는 나 자신조차도 어떤 지경인지 가늠이 되지 않았다. 무력한 내 안에 덜컥 생겨 버린 수렁을 단축키로 오려 두기, 붙이기를 하는 것처럼 떼어 내서 어딘가에 숨겨 두고 싶은 충동을 오래 지니고 있었다.

당시에는 몰랐지만 시간이 지나고 돌이켜 보니 나는 그때 어쩌면 해리를 나와 비슷한 처지로 만들려고 했던 게 아닐까, 싶은 생각이 든다. 나의 수렁을 숨겨 둔 어딘가는 해리의 걸음이 닿는 길목이 되었으니 말이다.

일요일에는 반나절 동안 동네를 하염없이 거닐며 용기를 그러모았다. 그래서 저녁 즈음에는 해리에게 메시지를 보낼 수 있었다.



해리는 내 메시지를 읽고 나서도 한참동안 답이 없었다. 나는 휴대폰 액정을 멍하니 바라보다가 화면이 꺼지면 다시 터치를 하고, 또 하고를 되풀이했다. 얼마나 시간이 지났을까. 관자놀이가 지끈거릴 무렵 해리에게서 답장이 왔다.





나는 고작 이런 답장을 보냈고, 그게 나의 최선이라고 생각했다.

그다음 주에 해리와 나는 스터디 카페에 함께 가서 선불권을 구매했다. 시답지 않은 날씨 이야기와 사실이 아닐 게 틀림없는 연예인 가십을 주고받으며 발을 맞춰 걸었다. 해리의 치마가 바람에 나풀거릴 때마다 나는 자꾸만 실없는 드립을 던지게 되었다. 복숭아를 같이 먹을 때 보았던 해리의 활짝 핀 웃음을 다시 보고 싶었지만, 해리의 입술선은 위로 올라가는 방법을 잊은 듯했다.

그게 마지막이 되고 말았다. 해리가 단 하루도 스터디 카페에 나오지 않았기 때문이다. 나는 해리가 먼저 내게 연락해 주기만을 기다렸다. 나부터 연락을 하는 건 왠지 엄두가 나지 않았다. 해리는 학교에도 나오지 않았다. 그러다 전학을 갔다.

나는 해리에게 불행을 주고 싶었던 걸까. 모르겠다. 딴딴하거나 폭신한 무언가를 보게 되면 손가락으로 눌러 그 강도를 확인하고 싶어지는데, 그런 마음으로 해리의 견고함을 체감하고 싶었던 건 아니었을까. 실제로 해리는 여러 상황에서 생각보다 더 단단한 아이였고 나는 그게 정말 근사하다고 생각했기에 어떠한 타격을 줘도 괜찮을 줄 알았다.

나는 해리네 가족의 해체를 내 탓이라고 생각하지 않았지만, 내 탓이 아니라는 생각도 할 수 없었다.


전학을 가는 다른 친구들이 다 그렇듯 해리와도 자연스럽게 연락이 뜸해지고 관계는 끝이 났다. 그럼에도 불구하고 나는 나비리본을 볼 때마다 해리를 생각했고, 내 거짓말을 떠올렸다. 그러다 보면 몸 안 어딘가가 어지러웠다. 대체 내가 무슨 짓을 한 걸까, 결국에는 고개를 웅크리게 되었다.

나는 고개를 숙이고 걷는 게 익숙하다. 세상에는 나비리본, 혹은 나비리본과 비슷한 무언가가 많아도 너무 많았다.

# 나는 있어 고양이

하유지

그 애 이름이 연두란 걸 알았을 때, 하얀 쌀밥 위에 오도카니 올라앉은 완두콩 한 알이 떠올랐다. 나는 쌀밥도 좋아하고 완두콩도 좋아한다. 이연두, 이름부터 마음에 쏙 든다. 우리는 수학 학원 같은 반이었다.

"너희 고양이는 이름이 뭐야?"

어찌어찌 말을 트게 된 연두가 우리 집 고양이 이름을 물었고, 내 대답은 필연적으로 정해져 있었다.

"완두."

연두는 햇살 아래에서 보면 저 깊은 곳에 연둣빛이 슬쩍 스쳐 가는 듯도 싶은 눈을 동그랗게 떴다. 꼭 놀란 고양이 같았다.

"진짜? 나도 고양이 생기면 완두라고 부를 건데!"

하지만 내가 들은 바에 따르면, 연두는 고양이를 키울 수가 없었다. 아빠의 알레르기 탓이었다.

“완두 어떻게 생겼어? 삼색이? 치즈? 아 왠지 삼색이일 거 같은데! 너희 집에 놀러 가도 돼? 완두 보고 싶어. 눈이 연두색이지, 그치?”

연두는 완두 얘기가 나오자 말수가 폭증하더니, 우리 집까지 찾아오겠다고 나섰다. 연두와 친해지고 싶던 차에 매우 반가웠지만, 문제는 우리 집에 완두가 없다는 점이었다. 그러니까 나는, 고양이를 키우지 않는다. 완두 얘기는 작정하고 꾸며 낸 것이다. 고양이를 좋아하지만 고양이가 없는 연두에게 고양이가 있다는 거짓말을 해서라도 가까이 다가가고 싶었으니까.

“우리 집? 지금은 안 되는데……”

나중은 되고? 미치겠네. 미치겠다는 생각이 빨리도 들었다. 거짓말을 주워 담지 못하게 되고 나서야 말이다. 난 항상 이런 식이다. 대책 없는 거짓말쟁이. 고양이를 좋아하는 건 진심이다. 하지만 고양이가 있다는 건 거짓이다. 그런데 내가 연두를 좋아한다는 건 진실이다. 진심과 거짓과 진실의 삼각관계.

“왜? 완두 어디 아파? 아니면 예민해서? 투명 고양이야? 낯선 사람 오면 숨어서 안 나와?”

질문과 동시에 보기가 세 개나 나왔다. 연두가 우리 집에 오면 안 되는 이유는, 완두가 ① 아픔 ② 예민함 ③ 와도 못 봄, 이쯤 되겠다. 흐음, ③번이 가장 원천적인 차단이겠지. 와도 못 보는데 굳이 왜 오겠어. ③번에 ②번도 적당히 섞자. 좀 더 확실하게 쐐기를 박는 거다. 연두가 우리 집에 와서 고양이가 없다는 걸 알고 속았다며 화를 내는 장면을 상상만 해도 호랑이 앞의 고양이처럼 간이 쪼그라들었다.

"애가 겁이 많아서 누가 초인종만 눌러도 숨어."

"초인종 안 누를 건데. 너랑 같이 들어갈 건데."

"어? 어, 그게, 문소리만 나도 일단 숨고 보는데?"

문소리만 나도 숨고 보는 고양이가 분명 어딘가에는 있을 테고, 그런 고양이가 우리 집 고양이 완두가 되지 말란 법은 없었다. 완두는 존재하지도 않는 고양이인데, 어느 결에 성격과 습관이 생겨나는 중이다.

"아…… 그럼 난 영영 완두를 못 보는 거야?"

'영영'이란 말을 가장 슬프게 말하기 대회가 있다면 이연두는 이미 신청서를 제출했을 것이다. 태어나지도 않은 완두가 어딘가로 영영 떠나 버린 느낌이잖아.

"영영……까지야, 설마. 언젠가는 연, 아니, 와, 완두도 마음을 열겠지."

나는 형편없이 더듬거리며 아무 말 대잔치를 성대하게도 열었다. 어떻게든 대책을 마련해야 했다. 그래서 연두와 학원 앞 사거리에서 헤어진 다음, 집으로 가는 마을버스를 타고 한 정류장 먼저 내려 민호네 집으로 향했다. 학원 빼먹는 데 누구보다 열심인 민호는 역시나 집에서 빈둥거리고 있었다. 걔네 집 고양이 호호와 함께.

"지민호, 나 고양이 좀 빌려줘."

나는 민호네 현관문으로 들어가 신발도 벗기 전에 말했다. 소파에서 몸을 동그랗게 말고 자던 호호가 나를 보더니 하품을 쩍 했다. 볼 때마다 드는 생각이지만 팔자가 무척이나 편한 고양이다. 그러고 보니 저 녀석, 마침 삼색이잖아? 연두 말대로 완두는 하양, 검정, 노랑, 세 빛깔이 어우러진 삼색이가 가장 잘 어울릴 듯.

"갑자기?"

"상황이 좀 그래서."

"호호는 체육복이 아니야. 고양이라고. 요즘 누가 고양이를 빌리냐."

"요즘? 옛날엔 고양이를 빌렸어, 그럼?"

"우리 할머니가 그랬는데. 쥐 잘 잡는 고양이는 이웃집에서 빌려 가고 그랬다고."

"아, 쥐. 우리 집에 쥐는 없어."

"나도 호호는 빌려줄 수 없어."

"그럼 우리 집에 쥐 있어."

"얘 또 시작이네."

"체육복도 아닌데 좀 빌려줘! 내가 네 체육복을 왜 빌리냐, 더럽게. 고양이니까 빌리겠다는 거잖아!"

내가 체육복 얘기를 하자 민호는 무슨 말인지 못 알아듣겠다는 눈빛으로 먼 산을 보았다. 지난겨울, 나에게 고백 비슷한 것을 하고서 거절 비슷한 말을 들었을 때와 비슷한 표정이다. 무안해서 딴청을 피우는 느낌이랄까. 지민호와 어린이집, 유치원, 초등학교에 이어 중학교 2학년인 현재까지 4연속 동창으로서 생생한 목격담을 전하자면, 얘 체육복은 늘 꼬질꼬질했다. 아무튼 고백을 들은 나의 대답은 "됐고 떡볶이나 먹으러 가자"였다. 단골집에서 떡볶이 3인분에 쫄면과 만두까지 추가해서 먹었고 말이다.

"무슨 상황인데 고양이를 빌려?"

"그러니까 그게……."

나는 사정을 털어놓았다. 같은 학원 이연두가 쌀밥 위에 올라앉은 연두색 완두콩 한 알처럼 착하고 무해해 보여서 관심이 갔는데 걔가 고양이를 좋아한다는 걸 알게 돼서 이거다 싶었고 당연히 고양이 집사인 척했고 예상보다 더 적극적인 연두가 고양이를 보러 우리 집에 오겠다고 했고 호호를 빌려 가서 고양이 있는 집을 꾸며 놓은 다음에 연두를 초대하고 싶다고.

"야, 송아영! 너 또 거짓말했어? 그런 일을 겪고도 또……."

여기까지 말한 민호는 내 표정을 살피더니 자기 딴에는 황급히 입을 다물었다. 할 말 다 해 놓고 눈치는 왜 보냐. 결국 내가 거짓말쟁이란 거잖아, 네 말은. 나는 어깨를 늘어뜨리고 터덜터덜 몇 발짝 움직여서…… 호호 옆에 앉았다. 평범한 사람은 이렇게 몰리는 상황이면 현관문을 열어젖히고 밖으로 달려 나가겠지만 나는 보통 뻔뻔한 애가 아니니까. 삼색이 호호를 들어 껴안았다. 투명 고양이와는 거리가 먼 넉살 만점 호호가 따뜻한 체온으로 골골대며 넌 네가 생각하는 것처럼 그렇게까지 쓰레기는 아니라고 위로해 주었다. 거짓말쟁이인 내가 황송하게도 고양이의 위로를 받아도 되는지 모르겠다.

* * *

나도 친구가 있었다. 작년 가을까지는. 학원 친구 말고 학교 친구, 그것도 한 명이 아니라 세 명. 걔들과 어떻게 친해지게 됐는지 시시콜콜 늘어놓을 필요는 없겠지. 내가 시시한 거짓말로 환심을 사거나 아첨을 떨거나 해서 무리에 끼어들었다고 해 두자. 그래 봤자 뭐 대단한 거짓말도 아니었다. 안 예쁜데 예쁘다고 하기, 기분 나쁜데 좋다고 하기, 별로인데 제법이라고 하기, 개떡 같은데 찰떡 같다고 하기 등등, 시답잖은 종류였으니까.

어느 가을날, 우리 넷은 학원 앞 편의점의 파라솔 밑에 앉아 과자를 먹고 있었다. 각기 다른 맛 감자칩 1인 1봉씩 비우기, 그 당시 우리끼리 미는 유행이었다.

“근데 이거, 시금치 맛 나온 거 알아? 우리 동네 편의점에선 팔던데.”

“먹어 봤는데 으, 난 별로.”

“한번 사 먹어 봐야겠다!”

애들이 한마디씩 했고, 나는 내 몫의 감자칩을 부지런히 공략하며 이거 다 먹고 나면 아이스크림도 먹자고 할까 고민했다. 내가 뭘 더 먹자고 하면 애들은 또 먹는 얘기냐고 구시렁대면서도 편의점으로 향했는데, 신이 나서 이것저것 골라 놓고는 나 때문에 자기들만 살찐다고 투덜거렸다. 내가 먹는 양에 비해 살이 덜 찌는 체질이기는 했다.

“아영이 넌? 시금치 맛 먹어 봤어?”

“시금치 맛? 먹어 봤지. 맛있던데?”

마지막 감자칩(반년이 지난 지금도 똑똑히 기억하는데 체다치즈 맛이었다)을 입에 넣으며 대답했다. 그 정도 거짓말은 아무렇지도 않았다. 걔들과 어울리면서 난 예전보다 더 심한 거짓말쟁이가 되어 있었다. 고개를 젖혀 봉지에 남은 과자 가루를 한입에 털어 넣고 났는데도 더는 다른 말이 들려오지 않았다. 입가에 묻은 가루를 손으로 털어 내며 애들을 봤다. 나를 빤히 응시하는 여섯 눈동자. 그 순간 직감했다. 망했네. 뭐 때문이지?

“시금치 맛 안 나왔는데?”

이거였구나. 망해도 폭삭 망했다.

“있지도 않은 걸 어떻게 먹었다는 거야?”

“넌 항상 그런 식이야. 뭐든 거짓말로 넘어가.”

“저번에도 안 본 드라마 봤다고 거짓말했잖아! 내용 하나도 몰랐으면서!”

“너 뭐야? 왜 그런 걸로 거짓말을 해?”

“아무래도 너랑은 안 되겠다, 송아영.”

리더 격인 애가 절교를 선언했다. 중학생씩이나 돼 갖고는 초등학교 1학년처럼 유치하게. 추석을 앞두고 아직 후텁지근한 공기가 순식간에 싸늘해지며 이제 곧 남이 될 우리 사이에 고였다. 울고 싶었다. 무슨 말로든 변명해야 했다.

“상황극 아니었어? 난 그냥 장단 맞춘 건데.”

“뭐? 너 진짜 진심이란 게 있긴 해?”

나는 대답하지 못했다. 정답은커녕 오답도 몰랐으니까.

이제 와서 하는 말이지만, 난 걔들을 좋아했다. 유행에 휩쓸리고 우르르 몰려다녀서 좀 피곤했지만 남 욕도 별로 안 하고, 친구 발밑에 우아하게 함정을 파 놓을 줄도 알고, 그 정도면 괜찮은 애들이었다. 그날도 무려 1분이나 내 대답을 기다려 준 애들이 손에 묻은 과자 가루를 털고 떠나자, 난 어깨를 으쓱하고는 또다시 혼자가 되었음을 받아들였다. 두어 달 뒤 나에게 거절당했을 때, 민호도 나처럼 재빠르게 체념했다. 그럴 줄 알았다는 식으로.

난 그저, 민호한테만은 내 마음을 꾸며 내고 싶지 않았을 뿐이다. 우리는 거짓말로 풀칠해 놔야 할 만큼 위태로운 사이가 아니니까. 내가 반 애들의 호감을 사려고 살살 거짓말을 할 때마다 어처구니없어하는 지민호. 그러면서도 내가 찾아가면 문을 열어 주고 호호랑 놀게 해 주고 메시지를 보내면 성의 없는 답이라도 꼬박꼬박 해 주는 지민호. 그런 친구를 잃고 싶지 않았다. 연애는 해가 저물듯 쉽게 끝나게 마련이어도 우정은 잘만 하면 꽤 오래가니까. 그 '잘'이라는 걸 잘 좀 해 보고 싶어서 연두에게 완누라는 거짓말을 살랑거리며 다가가기로 결심한 것이다.

* * *

　연두가 우리 집에 오기로 했다. 예민한 완두를 놀라게 하기 싫다고, 마음이 앞서서 나온 말이었다고 하는데도 내가 우겨서 초대했다. 우리 집에 와서 고양이를 보고 나면 연두는 나와 한층 더 친해지겠지. 그렇게 풀릴 수밖에 없는 일이었다. 다른 생명체도 아니고 고양이가 아닌가 말이다. 민호의 고양이 동생 호호를 몇 년 동안 지켜본 결과, 고양이는 아픈 데를 낫게 하고 어그러진 데를 펴기도 하는 마법사였다. 완두호호가 야옹야옹 마법을 부려 연두를 내 친구로 만들어 줄 것이다. 나를 찢어진 파라솔 아래 남겨 두고 떠나지 않을 진짜 친구.

　그런데 문제가 발생했다.

　호호를 이동장에 넣어 우리 집으로 데려가야 하는데, 녀석이 이동장에 들어가기를 주사 맞기나 똥꼬에 체온계 꽂기만큼 싫어한다는 사실을 잊고 있었던 것이다. 나도 호호 심정이 이해는 간다. 이동장에 들어갔다 하면 동물병원에 가고, 병원에 갔다 하면 녀석이 죽도록 싫어하는 저 두 가지 일을 당하니까. 언젠가 민호를 따라 동물병원에 간 적이 있는데, 간호사 언니가 "호호 체온 좀 재고 올게요" 하고 호호를 진료실 뒤쪽으로 데려간 뒤에 냐아아아아아아아아아아악 비명이 들려왔고, 민호 눈동자가 요동쳤으며, 내 심장도 야단나긴 마찬가지였다. 이동장째 대기실로 돌아온 호호, 그 순하디 순한 호호가 민호와 나를 죽일 듯이 노려봤다. 나는 하하 어색하게 웃으며 호호 마음 좀 풀어 줘 봐 네가 주인이잖아, 민호를 채근했고 민호는 아니 쟤가 내 주인님이지 나 이제 큰일 났다, 하며 호호 눈치를 살폈다.

민호가 발코니 구석에서 이동장을 꺼내 온 순간, 호호는 이미 제 그림자와 여기저기 흘리고 다니는 화장실용 모래 알갱이까지 싹 다 챙겨서 피신했다. 아무리 어르고 달래도 안방 옷장 뒤에 틀어박혀 나오지 않았다. 자다가도 젤리 발로 뛰어온다는 참치 간식을 뜯었건만 비장하게 코만 킁킁댈 뿐 소용이 없었다. 어떻게 호호처럼 퉁퉁한 고양이가 저 좁은 틈으로 들어갔을까? 고양이 액체설은 세계 최고 권위의 과학 학술지에 이미 발표됐을지도 모른다.

"호호 그만 불러, 지민호. 쟤 스트레스 받으면 방광염 오잖아."

옷장 앞에 엎드려 호호를 불러 대는 민호에게 말했다. 난 호호에 관해 꽤 많은 정보를 알고 있다. 연두 앞에서 얼마든지 반려인

행세를 할 수 있을 만큼 충분히.

"호호 안 빌려 갈 거야?"

못 빌려준다고 할 때는 언제고 이제는 못 빌려줄까 봐 안달이네. 또 거짓말로 친구를 사귀었다가 뒷감당은 어쩔 거냐고 잔소리하면서도, 지민호는 고양이 빌려주기 작전에 열심이었다. 어지간히도 심심한 모양이다.

"호호 안 나오면, 그러면……."

머릿속에 말도 안 되는 아이디어가 떠올랐다. 나는 한참 뜸을 들이다가 말했다.

"차라리 너희 집을 빌려줄래?"

"뭐?"

옷장 밑을 들여다보던 민호가 방바닥에 뺨을 댄 채 눈만 치켜뜨고 나를 보길래, 씨익 웃어 주었다. 지민호가 말하기를, 나는 아쉬운 게 있을 때 굉장히 음흉하게 웃는다고 한다.

"지민호, 들어 봐. 호호를 우리 집으로 데려가는 건 글렀어. 쟤저러다가 또 피오줌 싸. 호호는 여기 두고, 이 집이 우리 집인 척하면 어떨까?"

"이연두인가 걔를 우리 집으로 초대한다고?"

"그렇지. 여기가 우리 집인 척하고 호호를 보여 주는 거야. 겨우몇 시간이잖아."

"낯선 사람 오면 고양이가 숨는다고 그랬다며? 호호는 안 숨을 텐데.”

“어, 그건 뭐…… 완두가 연두 널 특별히 좋아하나 보다, 그러지 뭐!”

완두콩 한 알처럼 무해한 연두는 동물들에게 사랑받을 타입이었다. 호호도 연두를 보자마자 둘 중 하나를 느낄 것이다. 은은한 호감 혹은 강렬한 호감. 자기를 맨날 이상하게 안아 들어서 쭈욱 늘어뜨리는 나도 좋아해 주는 완두니까. 난 벌써 호호를 완두라고 개명까지 해 버렸다.

“고양이 이름을 완두라고 했다며. 얘는 호호잖아.”

“어차피 고양이는 이름 같은 거 신경 안 써.”

“우리 호호는 신경 써. 자기 이름 부르면 온다고.”

“내킬 때만 오던데? 안 부르면 되지.”

“너도 모르게 호호라고 부르게 될걸. 그러다가 들키는 거야.”

“호호는 중간 이름이라고 할게. 쟤 이름은 완두 호호 송인 거야.”

“중간 이름은 또 뭐냐? 그리고 성이 왜 뒤로 가. 호호는 한국 고양이거든?”

민족정신이 투철한 지민호, 인정! 나는 자랑스러운 대한민국의 중2에게 경의를 표하기로 했다.

“네 말대로 송완두라고 할게, 그러면.”

민호는 한숨을 내쉬고는 거실로 나가 소파에 퍼질러 앉았다. 그러더니 잠시 뒤에, 자기 방에는 연두를 절대 못 들어가게 해야 한다는 조건을 내걸었다. 안 그래도 그럴 생각이었다. 민호 방에는 나도 안 들어간다. 지저분하고 어수선하고 냄새도 나기 때문이다. 그런 방을 내 방인 척한다고? 말도 안 된다. 연두를 데려오면 거실에만 있겠다고 약속했다. 송완두도 주로 거실 소파에서 기거하니 괜찮았다. 민호네 집에 '여기 송아영 살지 않음'이라고 써 있는 것도 아니니까.

"너희 부모님 아직도 금요일마다 늦게 오시지? 연두는 고양이만 살짝 보고 갈 테니까 딱이네!"

내가 손뼉까지 치며 좋아하자 이제 이동장에 들어갈 일은 없겠구나 싶었는지, 송완두가 어슬렁거리며 거실로 나왔다.

"뭐가 딱이야. 세상에 완벽한 계획은 없어. 다 허점이 있는 거라고."

어쩐지 부루퉁해진 민호가 말했다.

* * *

"잠깐만! 넌 고양이 알레르기 없어?"

금요일 저녁, 학원 마치고 민호네 집 앞. 나는 미리 외워 둔 비밀번호를 입력하려다 말고 물었다. 민호는 집을 비워 주고 친구들과 축구를 하러 갔고, 나는 그 대가로 최대한 빠른 시일 내에 마라탕을 쓰기로 했다.

"응, 난 괜찮아. 우리 가족 다 알레르기 검사 받아 봤는데, 나랑 엄마는 문제없었어."

그렇다면 다행이군, 생각하며 까먹기 전에 비밀번호를 눌렀다. 현관문을 열고 들어가자, 오늘따라 더 통통하고 귀여워 보이는 송완두가 소파에서 내려왔다. 앞발을 쭉 뻗어 기지개를 켜더니 통통통 튀듯이 걸어온다.

"으아아! 완두 너어무 귀엽다아!"

연두가 숫제 비명을 지르더니 1일 한정 완두 고양이에게 두 팔을 뻗었다. 붙임성 좋은 완두가 카레 얼룩이 묻은 주둥이를 연두의 손날에 대고 문질렀다. 연두가 몸을 움찔하더니 내 쪽으로 고개를 돌렸다.

"아영아, 방금 봤어? 방금 봤지?"

아아, '아영아'라니. 고양이의 분홍 발바닥처럼 말랑말랑한 말이잖아. 내 마음이 완두가 늘어뜨리고 다니는 뱃살처럼 출렁거렸다. 고양이 뱃살을 만져 보지 않은 사람은 내 변태 같은 비유를 이해하지 못할 것이다.

"완두가 널 좋아하나 봐. 원래 그렇게 만만한 애가 아닌데."

준비한 대사 방출. 원래는 '만만한'이 아니라 '친절한'이었지만 뭐, 지민호 말마따나 인생이 계획대로만 풀리지는 않으니까.

연두는 완두와 즐거운 시간을 보냈다. 낚싯대 장난감과 쥐돌이

인형으로 놀아 주고, 직접 사 온 간식도 꺼내서 먹였다. 간식을 양껏 먹고 노곤해진 완두를 조심스레 껴안아 보기도 했다.

"부드럽다. 따뜻한 푸딩 같아."

연두가 완두의 정수리에 뺨을 대고 말했다.

나는 소파에 양반다리를 하고 앉아 냥아일체가 된 이연두를 지켜보았다. 화장실도 다녀오고 민호 방문이 잘 잠겼나 확인도 해 보고 할 일을 다 마쳤더니, 남은 일이라고는 연두와 완두 구경뿐이었다. 내 방은 반만년 동안 치우지 않아 폐허가 되었으니 거실에서만 놀자고 말해 두었다.

"근데 완두 눈 색깔, 호박색인데? 네가 저번에 연두색이라고 하지 않았어?"

소파에 등을 기대고 바닥에 앉은 연두가 자기 무릎에서 고로롱거리며 잠들려고 하는 완두를 가만가만 쓰다듬으며 말했다. 제 얘기 하는 줄을 알았는지 완두가 눈을 게슴츠레 뜨고 연두를 올려다보며 소리 없이 입만 벌려 냥 울었다. 저거 저거, 사람 홀리는 것 좀 봐. 연두도 음 소거 상태에서 꺅 환호했다. 연두는 실물로 처음 보는 고양이에게 빠져들었고, 녹아들었다.

"아닌데, 완두 눈 색깔 연두색인데."

이렇게 말해 놓고 화들짝 놀랐다. 내 상상 속 고양이 완두는 눈 색깔이 연두색이다. 하지만 실제로 존재하는 고양이 호호는 호박색 눈이다!

"아, 아니다. 호호……호, 호박색이지, 완두 눈은."

난 호호는 완두가 아니라는 것을 자각할 만큼 정신을 바짝 차리고 있으면서도, 호호가 완두라고 나 스스로 믿을 만큼 현재의 설정에 몰입해야 한다는 딜레마에 빠졌다. 거짓말을 할 때마다 딜레마가 닥친다. 내 거짓말을 어물쩍 믿으려는 나와 너 자신마저 속일 셈이냐며 혀를 끌끌 차는 나. 어느 쪽을 선택하든 썩 유쾌하지 않은 기분. 물론 별생각 없이 습관적으로 거짓말이 튀어나올 때도 있다. 시금치 맛 감자칩을 먹어 봤다고 했을 때처럼. 그런데 시금치 맛 감자칩이 있다면 정말 맛있을 것 같단 말이지. 시금치를 좋아해서 하는 생각인가? 내 우주에서 시금치를 좋아하는 사람은 나랑 엄마뿐이다.

"연두야, 너 시금치 좋아해?"

화제를 전환할 겸 물어봤다.

"갑자기? 음 뭐, 좋아해. 맛있잖아."

한 사람 더 생겼다. 이연두.

* * *

완두를 만난 뒤, 연두는 나에게 한층 더 다정하게 굴었다. 학원에서 마주치면 반가워하고, 젤리나 초콜릿을 주기도 하고, 수업이 끝나면 학원 앞 사거리까지 같이 걸어가고, 집에 가서도 DM으로 말을 걸어 왔다. 민호네 집 고양이 호호와 우리 집 고양이 완두 사이에는 얼마나 깊은 거짓말의 웅덩이가 파여 있을까, 고민스러웠지만 너무 깊이 파고들지는 않기로. 이러다가 나한테 정말 고양이가 있다고 믿게 되는 건 아닌가 몰라.

그런데 또 문제가 발생했다.

"저기, 나 너희 집에 한 번 더 가도 될까? 완두가 좋아할 거 같은 장난감을 샀거든."

사거리에서 왼쪽으로 꺾지 않고 횡단보도까지 따라온 연두가 주춤대다가 말을 꺼냈다.

"우리 집? 어, 언제……?"

"오늘?"

연두가 가방에서 고양이 장난감을 꺼내 보였다. 완두를 닮은 삼색이 사진이 상자에 인쇄돼 있다. 완두가 좋아할 것 같기는 하다. 장난감 고르는 안목이 있네. 그러나 감탄이나 하고 있을 때가 아니었다.

"오늘은 안 되는데……."

"진짜? 왜 안 돼?"

거의 애원하는 투로 연두가 물었다. 그야 당연히, 완두네 집에 가면 학원을 빠지고 게임을 하거나, 컵라면을 먹거나, 컵라면을 먹으며 게임을 하는 지민호가 있을 테니까.

"오늘은 집에 지민호가 있어서."

악! 생각나는 대로 말해 버렸다! 어지럽고 속이 메스꺼웠다. 거 짓말 알레르기인가? 설마, 그럴 리가. 신호등 초록불을 놓쳤다. 아 침에 고데기 전원을 켜 놓고 온 게 떠올랐다면서 빨간불에 냅다 무단횡단이라도 해? 나 고데기 안 쓰는데.

"지민호가 누군데?"

"치, 친…… 친오빠."

지민호는 나보다 여덟 달이나 늦게 태어났다. 내가 엄마 배 속 에서 이제 슬슬 나가 볼까 각을 잴 때, 민호는 그 뭐지 배아 상태 쯤 됐으려나? 내가 자기를 오빠라고 칭했다는 걸 알면 지민호는 기분이 날아가서 하늘로 발사되고도 남을 녀석이다.

"근데 오빠랑 왜 성이 달라?"

"오빠니까 다르지. 언니가 아니잖아."

연두 표정이 이상해졌다. 아, 성별이 아니라 성씨 얘기구나. 송 아영, 지민호. 그렇네. 성이 다르네.

"음, 그게, 둘이 아빠가 달라서."

이쯤 되면 혀가 자체 추진력으로 떠드는 거다.

"엥? 친오빠라며?"

"어쨌든 피가 섞였으니까. 그런 뜻이었어."

내가 좀 뾰족하게 말했는지 연두가 고개를 끄덕이며 알았다는 뜻을 표했다. 나는 화가 난 게 아니라 당혹스러울 뿐이었지만, 약 간 시무룩해진 연두를 보니 미안해졌다.

“오……빠가 성격이 더럽게 예민해서 집에 누가 오면 공부에 방해된다고 난리 치거든.”

“고등학생인가 보네? 그래, 고등학교 올라가면 그런다더라.”

나는 연두가 지민호의 나이만큼은 묻지 않기를 간절히 바랐다. 지민호가 기껏 고1이면서 고3 수험생이라도 되는 것처럼 까다롭게 군다고 거짓말하기는 정말 싫었다. 지민호는 공부에 통 관심이 없고 까다로운 구석도 없는 중학생이니까. 내 간절한 기도가 통했는지 연두는 지민호 나이는 통과하고 다른 걸 물었다.

“그러면 넌 너희 아빠랑 오빠의 아빠 중에서 어떤 아빠랑 사는 거야?”

기도가 통하긴 개뿔. 차라리 지민호 나이를 물어봐 줘! 한봄치고는 서늘한 날씨인데도 겨드랑이에서 땀이 배어 나왔다.

“우리 아빠.”

한 점 거짓도 없이, 진실 그 자체다. 우리 아빠는 지민호 아빠가 아니라 송아영 아빠다. 물론 연두는 이런 엇나간 진실을 원한 게 아니겠지만.

“엄마가 재혼하신 거구나, 그치? 우리 부모님도 재혼했는데.”

세 번째 초록불이 들어왔고, 나는 연두를 뚫어져라 쳐다봤다. 신호등이 깜빡거리고 나도 눈을 깜빡거린다. 내가 한 얼렁뚱땅 엉망진창 거짓말이 연두의 깜짝 고백을 불러왔다. 죄책감이 든다. 알고 보면 대단한 비밀도 아니고 그냥 흔한 가정사겠지만, 횡단보도 앞에 서서 들을 말은 아니지 않을까.

"완두 사진이라도 보여 줄래? 나 왜 지난번에 사진을 안 찍었을까? 실물 영접하느라 정신이 없었나 봐."

완두 사진 없는데. 난 사진 찍는 걸 싫어하고, 찍기도 정말 못 찍는다. 호호를 찍어서 민호에게 보여 준 적이 있는데, 민호가 뭐라뭐라 구시렁대더니 지워 버렸다. 호호가 흐흐처럼 음침하게 나왔으니 그럴 만도 했다.

"어쩌지, 오늘 폰을 안 갖고 왔는데. 내일 보여 줄게."

"아까 폰 쓰지 않았어?"

"착각일걸."

"그런가……? 내일 꼭 보여 줘. 초록불이다!"

나는 횡단보도를 건너며 겉옷 주머니에 손을 넣었다. 손끝에 휴대폰이 닿았다. 거짓말쟁이 송아영. 잠깐 사이 우울해졌지만 그런 칙칙한 기분은 횡단보도를 건너자마자 먼지처럼 후후 불어 날리고, 민호에게 호호 사진을 보내 달라고 부탁했다. 집을 한 번만 더 빌려 달라는 말도 덧붙이고.

오빠란 말이 너무 느끼해서 지우려다가 엔터를 건드리고 말았다. 호호 사진이 딱 한 장 왔다. 야박하기는.

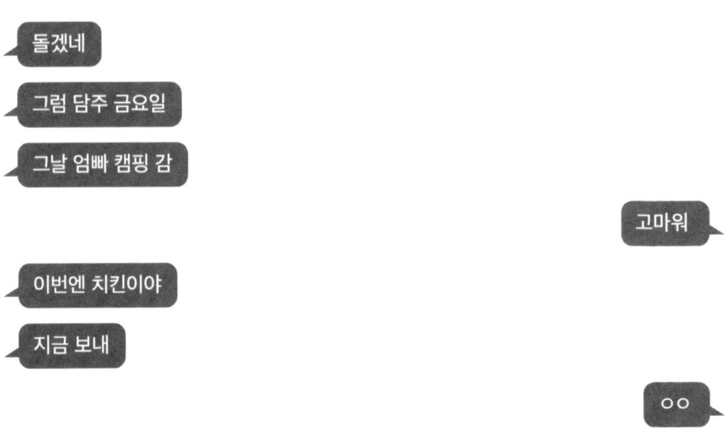


집에 도착한 나는 거실, 주방, 발코니, 내 방을 오가며 사진을 찍었다. 발로 찍은 수준의 사진 여러 장과 호호 사진 한 장을 다양하게 합성해 달라고 AI에게 요청했다. 소파에 누운 호호, 식탁 의자에 앉아 귀를 긁는 호호, 침대에서 사람처럼 베개를 베고 자는 호호, 뒷발을 발레하듯 들고 털을 핥으며 몸단장하는 호호 사진이 나왔다. 이 정도면 되겠지.

＊ ＊ ＊

다시 금요일 저녁, 연두의 두 번째 방문.

완두는 연두가 가져온 장난감을 열렬히 환영했다. 연두의 기쁨에 내 흐뭇함까지 더해져 분위기가 훈훈해졌다. 한 시간쯤 뒤, 연두가 출출하다고 해서 나는 떡볶이에 튀김, 순대 세트를 주문했다. 남의 집 냉장고를 뒤적거릴 수는 없으니까. 음식값의 절반을 내겠다고 하는 연두에게 손님은 먹기만 하라며 점잖게 사양했다. 사실은 나도 이 집 손님인데.

음식을 거의 다 먹었을 무렵, 연두가 젓가락을 든 채 말했다.

"근데 아영아. 완두 어디 갔어?"

"완두? 여기 소파에……."

없었다. 소파 밑과 텔레비전 뒤와 커튼 뒤를 살피고 주방으로 갔다. 없었다. 화장실, 안방, 민호 방, 발코니는 처음부터 문이 닫혀 있었다. 그렇다면 마땅히 거실이나 주방에 있어야 할 완두가, 없었다.

"아까 떡볶이 갖고 들어올 때 나갔나 봐. 어떡해!"

연두가 울상이 되어 말했다.

나는 매운 떡볶이처럼 시뻘겋게 얼굴이 달아오르는 걸 느꼈다. 그 잠깐 사이에? 고양이라면 그러고도 남는다.

집 밖으로 달려 나가 완두를 찾기 시작했다. 완두가 아무 집 앞에라도 앉아 있기를 바랐다. 꼭대기 층까지 갔다가 1층으로 내려가며 찾았는데도 완두는 보이지 않았다.

"완두야! 완두야!"

아파트 건물 밖으로 나간 연두가 완두를 부르고 다녔다. 나는 완두를 ‘완두야!’라고도 ‘호호야!’라고도 부를 수 없어서 핏기 가신 입술을 꾹 다물고 사방을 둘러보기만 했다. 아파트 단지를 한 바퀴 돌고 나서야 지금 어떤 상황인지 실감이 갔다. 남의 집에 와서 내 집인 척 떡볶이까지 시켜 먹으며 놀다가 고양이를 잃어버린 것이다. 바깥을 무서워하는 완두, 아니 호호가 무슨 생각으로 가출을 감행한 걸까. 나처럼 아무 생각이 없는 걸까? 아파트 단지를 벗어나는 호호, 길고양이들에게 쫓겨 더 멀리 가는 호호, 먹이를 구하지 못해 굶주리는 호호, 차에 치이는 호호가 머릿속에서 비극적인 드라마의 결말처럼 좌르륵 펼쳐졌다.

“완두야! 완두야!”

연두가 목 놓아 외쳤다.

“그렇게 부르면 못 알아들어. 호호라고 불러야 돼.”

보다 못한 내가 나섰다.

“호호? 완두 별명이야?”

나는 대답 대신 코를 훌쩍였다. 마법이 풀리듯 완두가 호호로 돌아왔다. 민호네 집을 통째로 빌리지 않았다면, 현관문을 열 때 조금만 조심했다면 호호가 집을 나가는 일은 없었을 텐데. 쫓기고 병들고 굶주리다가 죽는 결말은 없었을 텐데. 내 상상 속에서 호호는 이미 무시무시한 최후를 맞이했다. 참았던 울음이 꾹꾹 터져 나왔다. 바보 같은 나를 꾹꾹 밟아 버리고 싶었다.

내가 잘못했어, 호호야! 돌아와! 이젠 완두인 척 안 해도 돼! 나는 울면서 아파트 단지를 헤매고 다녔다. 연두도 나처럼 훌쩍거리며 "호호야!" 부르고 다녔다.

그때, 길 저쪽에서 축구공을 옆구리에 끼고 걸어오는 지민호가 보였다. 호호라면 정말 좋았겠지만 꿩 대신 닭이고 고양이 대신 사람이었다. 손까지 흔들며 지민호를 불렀다.

"야! 지민호!"

연두가 민호를 봤다가 나에게 시선을 돌렸다. 저 사람이 오빠냐는 눈빛으로. 누가 봐도 민호가 내 오빠처럼은 안 생겼다. 8개월 연하 동생이라면 모를까. 미친 사람처럼 손을 흔들며 눈물까지 흘리는 나를 보자 민호가 흠칫 놀라 멈춰 섰다. 집에서 내쫓을 때는 언제고 길거리에서 울며불며 알은척이라니, 내가 생각해도 미친 것 같았다.

"호호가 집을 나갔다고? 게을러서 그럴 리가 없는데……."

내 설명을 들은 민호가 못 믿겠다는 투로 말했다.

"죄송해요. 저 때문이에요. 제가 괜히 놀러 와서……."

민호 앞에서 너무나도 공손한 태도로 자책하는 연두를 보니, 내가 정녕 무슨 짓을 한 건가 싶고 하늘이 무너져 내리는 것 같았다. 나는 호호뿐만 아니라 연두에게도 씻지 못할 죄를 지었다.

"집은 잘 찾아봤어?"

"없어. 아무리 찾아도 없어."

“잠깐만 있어 봐.”

민호가 우리를 두고 집으로 뛰어갔다. 어느덧 사방이 어두워지고 거리에 가로등이 켜졌다. 진이 빠져서 벤치에 주저앉았다. 연두도 내 옆에 앉았다. 둘 다 땀과 눈물로 얼굴이 꼬질꼬질했다. 코 훌쩍거리는 소리만 맴도는데, 휴대폰이 진동했다. 민호였다.

“호호 찾았어.”

“뭐? 어디서?”

소리치며 벌떡 일어나자, 연두도 일어났다. 입 모양으로 ‘찾았대?’ 하는 연두에게 나는 앞머리가 달싹이도록 고개를 끄덕여 보였다. 연두가 두 손을 맞잡으며 누구한테인지 “감사합니다!” 하고 외쳤다. 설마 지민호는 아니겠지. 그냥 대충, 위기에 빠진 고양이들의 수호신이라고 해 두자. 이 부도덕하고 미천한 자의 경배를 받으십시오, 위대하고 자비로운 신이시여.

“식기세척기 뒤에 있던데?”

“식기세척기 뒤에⋯⋯ 공간이 있어?”

“조금 있어. 거기 가끔 들어가.”

내가 그토록 애타게 완두야, 완두야, 부르며 집 안을 돌아다니는데도 식기세척기 뒤에서 꼼짝도 안 했다는 거지? 자기를 계속 완두라고 부르는 나를 곯려 주고 싶었던 걸까.

“떡볶이 시켜 먹었냐? 먹었으면 좀 치우지.”

“미안, 호호 찾느라.”

통화를 끝내고 안도감에 털썩 주저앉았다. 연두도 옆에 앉았다.

"저기, 아영아. 나 뭐 하나 물어봐도 돼?"

가슴이 철렁했지만 안 된다고 도망칠 일이 아니었다. 굳은 얼굴로 앞만 보며 고개를 끄덕였다.

"완두를 왜 호호라고 부르는 거야?"

호호를 찾았으니 산을 넘었나 싶었는데, 곧바로 물이 나타났다. 이 물은 개울일까, 강일까, 바다일까. 위기에 빠진 송아영에게도 수호신이 있었으면.

"사실은……."

미안하다고 말하려 했다. 완두는 존재하지 않는다고, 얼떨결에 한 거짓말이었다고 말하고 싶었다. 야 송아영, 이 와중에 또 거짓말이냐? 얼떨결이 아니라 다분히 의도적이었잖아! 마음속에서 들려오는 양심의 꾸짖음. 나는 진실을 털어놓기로 하고 입을 열었다.

"호호라고, 완두 자매가 있었거든."

뭐? 자매? 그 입 다물어! 하지만 늦었다. 혀가 뇌의 통제를 벗어나 제멋대로 움직였다.

"완두랑 호호랑 엄청 비슷하게 생겨서 누가 누구인지 되게 헷갈렸어. 완두한테도 완두라고 불렀다가 호호라고 불렀다가 오락가락했는데 얘가 나중엔 오히려 호호란 이름에 더 반응하더라고. 근데 어느 날 호호가 그만……."

급한 마음에 주절대다가 뒷이야기가 막힌 나는 고개를 푹 꺾으며 두 손을 무릎 위에서 깍지 꼈다. 안 그러면 주먹으로 내 머리통에 꿀밤을 먹일 것 같았다. 그래 봤자 마지막 순간에 힘을 뺄 것이 뻔하지만. 나는 그런 인간이다. 미운 놈 떡 하나 더 준다는 핑계로 나 자신에게 한없이 관대한 인간. 진실을 밝힐 절호의 기회를 놓치고 말았다. 호호가 그만 뭐 어떻게 됐는데? 지금 그 녀석은 식기세척기 뒤에서 나와 간식을 얻어먹고 있을 것이다.

"미안해. 괜한 걸 물어봐서 아픈 기억을 떠올리게 했네."

목소리에도 눈물샘이 있는지, 연두의 말에서 글썽거리는 눈물이 느껴졌다. 미안하다니, 연두가 나한테 미안하다니. 염치가 없어서 고개를 들지 못한다는 말이 이런 뜻이구나. 나한테 진심이란 게 있기는 하냐고 화내던 친구들이 떠올랐다. 그 애들이 옳았다. 친구를 사귀고 사람을 대하는 일은 너무 어려웠다. 그래서 다른 사람의 기분과 취향에 나를 맞추고 살았다. 그러다 보니 거짓말이 늘었다. 거짓말이 가장 손쉬운 방법이었으니까. 사람 사귀는 법을 영영 모르고 살다 죽는 게 아닐까 겁나고 무서울 때도 많았다. 혹시 나는 야옹 울고 싶은데 멍멍 짖을 수밖에 없는 외톨이 고양이가 아닐까.

"호호는 연두색 눈이었지? 너 저번에 완두 눈 색깔 헷갈렸잖아. 호박색인데 연두색이라고."

"눈 색깔? 아아, 그랬지……."

땅만 내려다보며 중얼거렸다. 내가 살아 있기는 한 걸까? 여기

앉아 고개를 주억거리는 허상은 내 영혼의 시체인지도 모른다. 거짓말쟁이에게도 영혼이란 거창한 알맹이가 있다면.

"네가 보여 준 고양이 사진, 눈 색깔이 어떤 건 연두색이고 어떤 건 호박색이더라고. 털 무늬도 조금씩 다르고. 완두랑 호호 사진이 섞여 있었나 봐. 난 그런 줄도 모르고 이상하게 생각했잖아."

AI가 합성해 준 사진에 그런 오류가 있었다니, 까맣게 몰랐다. 멍텅구리 AI 같으니라고.

이때, 연두 배에서 꼬르륵 소리가 났다.

"완두 찾아다니느라 배가 다 꺼졌나 봐."

연두가 민망해하며 말하는 순간, 운명처럼 내 배에서도 소리가 났다. 배가 고파서가 아니라 아까 먹은 떡볶이가 소화되면서 나는 소리였다. 습관적으로 나도 배고파, 하고 거짓말을 하려다 말았다. 거짓말 참기 1회 성공. 이제 와서 무슨 의미가 있겠냐마는.

"아영아, 우리 편의점 가서 뭐 좀 먹을까?"

"그, 그래."

우리는 아파트 단지 끝에 있는 편의점으로 향했다. 내가 거짓말쟁이라는 걸 알면 연두는 어떤 반응을 보일까. 앞으로도 오늘처럼 거짓말로 눙치면서 고비를 넘길 수 있을까. 들킬락 말락 하다가 슬그머니 무마되었던 지난날의 거짓말들. 어쩌다가 들키면 눈알만 굴리다가 비난이나 절교를 달게 받고 혼자가 되고는 했다. 엄청난 거짓말을 한 적은 없기 때문에 나 홀로 외딴섬에서 적당히 유배 생활을 하다 보면 또 기회가 찾아왔다. 연두가 바로 그런 기회였다. 이제껏 하고 다닌 거짓말 중에서 완두 프로젝트가 가장 큰 건이었다. 연두와 친해지고 싶다는 생각에 물불을 안 가린 것이다. 이 커다란 거짓말을 어떻게 해결할지는 이따가 궁리하고, 배고픈 연두와 함께 편의점부터 다녀오자. 봄밤에 불어오는 바람이 내 스산한 마음과 달리 따뜻하고 부드러웠다.

"어? 이거 신상 나왔네?"

편의점에서 과자 매대를 살피던 연두가 말했다. 그쪽으로 다가간 나는 입을 벌린 채 굳었다.

시금치 맛 감자칩이었다.

"맛있겠다. 아영이 너도 시금치 좋아한다고 했지? 우리 이거 먹어 보자."

시금치 맛 감자칩이라니, 과자 봉지 모양을 한 거짓말 같았다. 나는 연두가 건네는 감자칩을 받으려다가 손이 떨리는 바람에 놓치고 말았다. 바닥으로 떨어지는 감자칩. 파사삭, 부서지는 소리가 났다. 잠시 바닥을 내려다보던 나는 시금치 맛 감자칩을 주워 들고는 입을 열었다.

"연두야, 저기 있잖아……"

# 이 머블을 터트려 줘

지혜진

처음 본 담임의 뒤를 따라 걸었다. 낯선 학교 안에는 낯선 것들 투성이였지만, 그 낯설음은 곧 익숙한 것으로 바뀌었다. 네모반듯한 교실, 창문, 책상, 칠판. 비슷한 교복, 각자 다 다르게 생겼지만 또 비슷해 보이는 아이들. 그 아이들이 피워 내는 공기 속 냄새들은 이전 학교와 다를 바가 없었다.

"지난주에 말해 줬지? 기다리던 전학생이 도착했다."

기대감이라고는 느껴지지 않는 담임의 소개에도 불구하고 서른 명 남짓한 반 아이들의 호기심 어린 시선이 나를 향했다. 담임이 "자기소개 좀 해 볼까?" 하며 교탁 앞에 서라는 손짓을 했다. 여러 사람 앞에 서는 것은 늘 부담스러운 일이다. 짧게 끝내야 했다.

"나는 이아진이야. 반가워."

담임이 그게 끝이냐며 조금 더 해 보라고 했다. 그때 한 남자애가 손을 번쩍 들었다.

"일본어 잘해? 한번 보여 줘."

몇몇 애들이 웃었고, 어떤 애는 벌써 손뼉을 쳤다. 누군가 아침 인사가 곤니치하, 곤반하 둘 중 어떤 거냐고 물었다.

"나도 헷갈려."

내 말이 꽤 진심으로 들렸는지 교실 안이 조용해졌다. 그럼 됐다. 담임이 더 할 말이 없냐고 해서 고개를 끄덕였다.

"아진이는 일본에서 5년 정도 있었대. 그래서 학교에 적응하려면 시간이 좀 필요할 거야. 다들 많이 도와줄 거라 믿는다."

하지만 곧 알게 될 거다. 난 누구의 도움과 걱정 없이도 혼자 잘 지내는 성격이라는 걸. 내 자리는 운동장 창가 쪽 맨 뒷자리였다. 모두 짝을 지어 앉았는데 내 자리만 혼자였다. 전학생을 위해 급하게 마련된 자리 같았다. 할머니 집에 창고처럼 쓰이던 작은 방 하나가 나를 위해 급히 준비된 것처럼 말이다.

일본에서 한국으로 온 지 이십여 일째, 그리고 전학 첫날, 적응에 문제될 건 없었다. 반 아이들은 일본 아이들과 다를 바가 없었다. 쉬는 시간 아이들이 주고받는 대화도 언어만 다를 뿐이었다. 그리고 점심시간이 채 되지 않아 내게 말을 걸어오는 애들도, 일본에서 온 애라는 호기심 어린 시선들도 사라졌다. 바라던 바였다. 귀찮고 성가신 건 딱 질색이고, 단순한 호기심을 관심으로 포장하며 다가오는 건 더더욱 싫었다.

종례가 끝나고 하나둘 교실을 빠져나갔다. 분주한 분위기에 섞이기 싫어 천천히 가방을 챙겼다.

"수업 끝나고 시간 좀 있니? 도서관에서 널 애타게 원하는데?"

담임이 교탁 앞에 앉은 아이에게 하는 말이 들렸다.

"네. 가 볼게요. 사서 선생님이 많이 바쁘신가 봐요?"

"응. 행사 준비 때문에 그렇지 뭐. 도서부 애들이 학원 때문에 다들 바쁜가 봐."

늦은 오후, 꼬리가 길어진 햇빛이 교실 안의 두 사람을 비추고 있었다. 나는 무대를 바라보는 관객이 된 것 같았다. 부탁을 하는 선생님과, 단정한 뒷모습의 여자애가 꼭 동화책에 나올 것처럼 자연스러워 보였다. 그런 분위기를 깨기 싫어 조용히 자리에서 일어나려는데 의자가 바닥에 끌리며 요란한 마찰음을 내고 말았다. 두 사람의 시선이 동시에 나를 향했다.

"어, 이아진. 너도 혹시 시간 있니?"

부탁이야 거절하면 그만인데, 교탁 앞 아이와 눈이 마주쳤다. 교실 끝에서 본 교실 맨 앞 여자애는 동그랗고 하얀 얼굴에 빳빳하게 다린 블라우스를 입고 있었다. 모두 거기서 거기, 비슷해 보이던 애들과는 달랐다. 꽤 오랜만에 누군가의 얼굴을 자세히 봤다. 내 시선을 느꼈는지 그 애가 멋쩍은 듯 살짝 고개를 돌렸다. 그 아이와 함께 도서관으로 향했다.

"가현아, 골판지 잘라서 그 위에 하나씩 붙여 줘. 엽서보다 사방 1센티 정도 더 크게 골판지를 자르면 돼. 갑자기 불러서 미안. 오늘 다 끝내야 하는 거 아니니까 너무 부담 갖지 말고.”

사서 선생님이 큰 비닐 봉투에서 그림 엽서 더미를 꺼냈다. 그러고는 교감 선생님과 회의가 있다며 자리를 비웠다. 나는 책상 위에 쌓인 엽서들을 들춰 보았다. 학생들이 엽서에 직접 그림을 그린 것 같았다. 오른쪽 상단엔 번호가 써 있었다.

가현, 사서 선생님 덕분에 이름을 알게 됐다. 얼굴을 보면 어느 정도 이름을 예상할 수 있다던데, 틀린 말은 아닌 것 같았다. 단정한 머리와 교복, 또 반듯한 자세까지. 이름과 퍽 잘 어울렸다. 내 이름은 나와 어울릴까? 내 이름은 아진이 아니라 아집이 더 잘 어울린다고 말한 건 엄마였다.

사서 선생님이 자리를 뜨자, 우리 둘 사이에 침묵이 흘렀다. 조용히 골판지를 오리고, 엽서를 뒤적이는 소리만 들렸다. 얼마간 시간이 흐르고, 가현이 먼저 입을 열었다.

“우리 학교는 일 년에 한 번 도서관 행사가 크게 있어. 이 그림 엽서는 작년 졸업생들이 각자 책을 읽고 자신만의 책 표지를 그린 거야. 이 표지를 보고 책 제목을 맞히면 작은 선물을 줘. 재밌는 것도 있고, 꽤 진지한 것도 많아. 이제 학교에 없는 졸업생들이 남긴 거라 특별하기도 하고.”

가현은 지금 우리가 하는 일이 뭔지는 알아야 할 것 같아 말해 주는 거라고 했다. 나는 말없이 고개를 끄덕였다. 또 몇 분이 지났고, 두 번째 침묵을 깬 것도 가현이었다.

"어디 살아?"

어색한 상황에 가장 적합한 질문이었다.

"곤란하면 대답 안 해도 돼."

가현은 종이를 오리며 담담하게 말했다.

"행정복지센터 근처 주성아파트."

가현이 가위질을 멈췄다.

"나도 거기 사는데. 몇 동이야?"

"1117동. 너는?"

가현은 잠시 멈칫하더니, 정문 앞 1101동에 산다고 했다.

"우리 집에서 1117동까진 꽤 멀어. 일 년에 한 번 그 근처에 가볼까 말까야."

복도식 구조에 한 층에 열두 가구나 있는 스무 동짜리 아파트 단지는 규모가 꽤 컸다.

"열여섯 동을 지나서 가려면 마음먹고 가야 해."

가현이 자기 말이 재밌는지 살짝 미소를 지었다.

"난 정문을 통해야 하니까 너희 동 앞을 매번 지나가겠네."

내 말에 가현의 웃음이 조금 어색해졌는데, 입술 사이로 은색 교정기가 보였다. 웃는 모습이 예쁜데 어딘가 어색해 보인 건 교정기 때문인 것 같았다. 웃으려다 말고, 말을 크게 하려다 말고, 가끔씩 손으로 입을 가렸다. 그러지 않아도 예쁜데, 자신은 모르는 것 같았다. 우리는 다시 말없이 주어진 작업을 했다. 문득 이 고요한 분위기가 좋게 느껴졌다. 도서관에 풍기는 책 냄새, 손가락에 적당히 묻어 있는 풀 자국, 알록달록한 색상의 골판지들, 오늘 내가 본 것 중에서 가장 새로운 것들이었다. 물론 그중에 가장 새로운 건 가현이었다. 낯설면서 익숙했고, 가까워질 수 있을 것 같으면서 어색했다. 오늘 처음 본 가현과 나 사이의 적당한 거리감이 오히려 나쁘지 않았다. 용기를 내 휴대폰 번호를 물어봤다. 가현이 가방 앞주머니에서 보라색 젤리 케이스가 씌워진 휴대폰을 꺼냈다. 나도 가방에서 휴대폰을 꺼내 전원을 켰다. 가현이 전화번호를 불러 줬다. 그런데 번호를 입력할 새도 없이 문자 메시지가 쏟아져 들어왔다. 엄마였다.



눈으로 문자를 읽었는데, 가슴을 두드리는 소리에 몸이 휘청거렸다. 왜 휴대폰이 꺼져 있냐는 문자엔 울음마저 묻어나는 듯했다. 엄마 문자가 사실이라면 가현과 같이 학교를 나서다 아빠를 마주칠 수도 있다.

"뭐 해? 번호 안 찍어?"

가현이 평온한 얼굴로 물었다. 아무렇지 않은 척해야 했다. 그건 내가 제일 잘하는 일이다. 흔들려서도 안 된다. 온몸의 힘을 바짝 몰아 쥐었다. 잘할 수 있다. 이번에도.

＊ ＊ ＊

할머니가 주방에서 설거지를 하다 나를 맞았다. 엄마는 금방이라도 어떻게 될 사람처럼 방바닥에 늘어져 있었다.

"엄마 연락받고 놀랐지? 별일 없으니까 걱정하지 마."

아빠가 한국으로 들어왔고, 우리가 할머니 집에 있다는 걸 안다며 전화가 왔다고 했다. 너무나도 예상된 별일이었다. 할머니는 내가 별일 없이 돌아와 다행이라며 고무장갑을 벗고 가슴을 쓸어내렸다.

"아진이 앞에서 약한 모습 보이지 말라니까."

할머니는 자신의 가슴을 쓸어내리던 손을 엄마의 등에 대고 쓸어내렸다.

"응. 괜찮아. 나 괜찮다고. 아진이 내가 지켜야지. 그러려고 여기 온 거니까. 나도 이제 안 당해."

퉁퉁 부은 얼굴의 엄마가 할 이야기는 아니었다. 엄마는 늘 도망치기만 했다. 나를 지키는 것까지는 하지도 못했다. 자기 자신을 지키는 것에도 완전히 실패했으니까. 아빠는 몇 년 전부터 우리를 불안하게 하고, 두렵게 만들었다. 이 책임을 누구도 지려고 하지 않았기에 나는 나대로 내 인생을 책임져야 했다. 아빠처럼 무자비하게 사는 것도, 엄마처럼 나약해지는 것도 싫었다. 내 방어막은 점점 더 높아지고 견고해져야 했다.

"엄마 그 말이 지금 누구한테 먹힌다고 생각해?"

"그게 무슨 말이야?"

"그런 말로 긍정회로 돌리면 좀 나아져? 내가 지켜져? 제발 약한 소리 좀 그만해. 괜찮다는 말도 지긋지긋하다고."

엄마의 퉁퉁 부은 얼굴을 타고 눈물이 흘러내렸다. 세상에서 가장 슬픈 얼굴을 그려야 한다면 나는 지금 엄마의 얼굴을 그릴 것이다.

"왜 너까지 엄마 마음 몰라 줘. 그럼 난 어쩌라고. 믿을 건 너밖에 없는데."

할 수 있는 거라곤 우는 일뿐이면서 엄마는 늘 대책없이 나에 대한 희망과 긍정을 말한다. 지금 우리에게 아무런 도움도 되지 않는 뜬구름 같은 말일 뿐이다.

"이 위기만 넘기면 우리 행복해질 수 있어."

나는 이제 과연 그럴까 하는 질문조차 하지 않는다. 그저 시간이 흐른다고 행복해질 수는 없다. 우리가 겪은 일은 그런 일이다.

엄마랑 둘이 도망치듯 한국으로 왔다. 아빠가 일본 생활을 바로 접고 오지 못할 거란 계산이 깔려 있었는데, 아빠는 언제나 엄마의 예상을 뛰어넘는다는 게 문제였다. 서로 끔찍히 사랑해서 결혼했다던 엄마 아빠는 내가 초등학교 5학년 때 일본으로 건너

갔다. 일본에서의 첫 일 년은 나쁘지 않았다. 하지만 엄마 아빠가 잘해 보려고 시작했던 일들이 잘못되면서 두 사람의 싸움은 날로 커졌다. 서로를 의심했고, 서로의 말을 거짓으로 바꿔치기했다. 그로부터 얼마 지나지 않아 사나운 말들은 더 사나운 몸짓이 되어 버렸다. 집 밖으로 새어 나온 소리에 놀란 이웃들은 우리 집을 지켜보기에 바빴다. 어른들은 집 앞에 덩그러니 서 있는 나를 보며 혀를 찼고, 어떤 사람들은 가만히 다가와 내 어깨를 쓰다듬었다. 알아듣지도 못하는 일본 말이었지만 딱 한 가지는 알 수 있었다. 그들이 나를 위로하려고 했다는 거다. 안쓰러운 표정을 짓다가도 다정한 미소를 잊지 않았다. 알아들은 척 고개를 끄덕이면, 그 어른들은 자신들의 집으로 돌아갔다. 학교 갔다 집에 오는 길에 그 집 창문을 통해 말소리, 설거지하는 소리가 들렸다. 모두 별일 없는 집에 살고 있었다. 나는 환하게 불이 켜져 있는 집들을 가만히 바라보다 집으로 들어가곤 했다.

그러다 언제부터였는지, 나를 보는 시선들이 불편해지기 시작했다. 괜찮다, 힘내라 등등의 말을 들으면 화도 났다. 정작 자신들은 아무 일 없는 일상을 살고 있다는 말로 들렸다. 어쩔 땐 우리집, 우리 식구들만 보고 있나 하는 생각도 들었다. 같은 반 유키의 부모님을 보면 이런 생각이 더 굳어졌다. 부모님의 영향 때문인지 유키는 학교에서 나를 보면 늘 안쓰러운 표정을 지었다. 그런 표정을 볼 때마다 화가 났다. 내 세상은 온통 거짓을 말하는 사람들에 둘러싸여 있었다. 아무 일도 없는 사람들이 내 마음을 다 아는 척, 그런 위로는 거짓이었다.

"나까지 거짓말쟁이로 만들지 마. 제발 부탁이야, 엄마."

하고 싶지 않은 말을 거짓으로 할 수는 없다.

"그래. 넌 어릴 때부터 거짓말하는 거 싫어했어. 그래도 그렇지. 어떻게 위로 한 번을 안 해 줘. 이제 우리 둘뿐인데 꼭 이렇게 싸워야 해?"

엄마는 자신에게 닥친 일을 이겨 낼 힘이 없었다. 날 지켜 줘야 할 엄마가 이 사달을 함께 겪은 어린 딸에게 위로를 바란다는 걸 이해할 수 없었다. 게다가 해결책도 없는 위로가 도대체 무슨 의미인지 알 수 없었다. 답이 없다고 거짓말을 쓸 순 없었다.

"둘 다 그만해. 감정 안 좋을 때 하는 말이 다 무슨 소용이냐."

할머니가 내 가방을 벗겨 주었다. 오늘 새로 받은 교과서가 여러 권 들어 있었다. 하지만 이런 건 하나도 무겁지 않았다. 할머니가 조용히 내 뒤를 따라 방으로 들어왔다. 안쓰러운 눈빛을 한 사람 중에 미워할 수 없는 존재는 할머니뿐이었다.

"아진아, 엄마가 싫은 건 아니지?"

할머니의 걱정을 모르지 않는다.

"아빠가 싫지. 엄마는 이해할 수 없는 거고."

할머니가 고개를 끄덕였다.

다음 날, 쉬는 시간이 되자마자 교탁 앞 가현의 자리로 갔다. 나로서는 꽤 용기가 필요한 일이었다. 가현은 노트에 뭔가를 적고 있다가 나를 보고는 조금 놀란 듯했다. 그런데 얼굴이 조금 부어 있었다.

"잠 잘 못 잤어?"

가현이 고개를 끄덕이며 교정기가 보이게 살짝 웃었다. 가현이 들고 있는 연필에 눈이 갔다. 연필 끝이 자잘하게 쪼개져 있었고, 무늬가 벗겨져 나무 색이 드러나 있었다.

"너도 연필 좋아하는구나?"

내가 연필을 가리키자 가현은 무늬 속에 감추어 두었던 자신의 속살을 들킨 듯 부끄러워했다. 나는 가현의 노트에 간단한 사람 얼굴을 그리고 그 옆에 동그라미 하나를 더 그렸다.

"이게 뭐야?"

"버블 텍스트."

가현이 만화에 나오는 말풍선이냐고 물었다.

"응. 근데 이 버블 안에 너한테 하고 싶은 말이 있어. 궁금해?"

가현이 고개를 끄덕였다. 나는 버블 텍스트 안에 연필로 글자를 채워 넣었다.


*나도 너처럼 연필 깨물어.*


가현은 그제야 편하게 웃었다. 나는 내 필통을 가져와 가현에게 보여 줬다. 길이가 제각각인 연필이 모두 여섯 자루다. 연필 끝은 모두 쪼개지고 갈라져 있었다. 내가 필통에 샤프가 아닌 연필을 채우는 이유는 딱 하나다. 연필을 깨물기 위해서. 가현도 그런지 궁금했다.

＊ ＊ ＊

가현은 내가 매주 토요일 홍대입구역에 있는 웹툰 학원에 다닌다는 말을 듣고 부러워했다. 부러워할 일은 아니고, 원하면 누구나 다닐 수 있는 곳이라고 했다. 구경 겸 같이 가 보자고 했지만 가현은 뭘 배우러 가는데 따라가면 안 될 것 같다며 거절했다.

가현 말대로 오늘도 뭘 배우러 학원에 왔는데, 현아 쌤이 뭘 가르쳐 주려고 하는 건지 이해가 되지 않아 답답하기만 했다.

"계속 그렇게 가겠다고? 대체 의도가 뭐야? 전혀 보편적이지 않잖아. 안 그러니?"

학원 전 지점을 대상으로 하는 8컷 만화 콘테스트 마감일이 보름 정도밖에 남지 않았다. 나는 출품할 작품의 마지막 두 컷만 남겨 두고 있었다. 하지만 현아 쌤은 마지막 두 컷의 새드 엔딩에 대한 내 설정을 듣고 더 고민해 볼 것을 권했다. 아니 설득했다. 설득당할 생각은 없었지만 고민하는 척은 해야 할 것 같아 마지막 두 컷에 대한 작업이 여러 날 미뤄지고 있었다.

"자, 다시 한번 짚어 보자. 홍수 때문에 물이 불어나서 고슴도치 한 마리가 하수구에 빠졌어. 오른쪽에 있는 고슴도치인 거지. 이제 끝이구나 하는 상황에 한 마리가 또 빠졌잖아. 걔가 왼쪽에 있는 고슴도치인 거고. 둘 다 이제 죽었구나 하는 상황인데, 어디서 긴 나뭇가지 하나가 쓸려 온 거야. 먼저 하수구에 빠진 오른쪽 고슴도치 옆으로. 이걸 얘가 잡아서 왼쪽 고슴도치랑 붙잡으면 같이 살 수 있잖아. 근데 왜 그렇게 안 하겠다고 고집을 피우는 거야? 어?"

현아 쌤은 도대체 뭘 말하고 싶은 거냐는 질문을 몇 번이고 반복했다.

"하늘을 보면 엄청난 폭우가 몰려오고 있잖아요. 그럼 그깟 나뭇가지가 무슨 소용이 있어요. 그리고 고슴도치는 가시 때문에 서로 가까이 붙지도 못해요. 결말이 뻔한데 그걸 왜 같이 붙잡아요. 헛된 희망 같은 건 그리고 싶지 않아요."

현아 쌤이 내 말을 듣더니 심호흡을 했다.

"대체 왜 그런 생각을 하는 거야?"

"현실적이잖아요. 가식도 없고요."

현아 쌤이 '가식'이란 말을 되뇌었다. 그리고는 한층 더 불편해진 얼굴로 태블릿 화면을 바라봤다. 두 고슴도치 머리 위에 띄워 둔 버블 텍스트 속 커서가 깜빡이고 있었다. 현아 쌤의 생각처럼 헛된 희망과 동정을 그려 낼 생각은 전혀 없었다.

"시간이 좀 있으니 다른 스토리를 잡아 보면 어때?"

현아 쌤도 포기할 생각이 전혀 없어 보였다.

* * *

어쩌다 보니 도서관 행사 마지막 날까지 돕게 됐다. 가현과 함께였기에 가능한 일이었다. 가현과 나름 친해지고 난 후, 달라진 내 모습이 나도 낯설었다.

"가현, 너 이번에도 제일 많이 맞히는 거 아냐?"

도서부 애들 중 하나가 묻는 말에, 옆에 있던 애가 가현은 책을 많이 보니까 가능한 일이라고 했다. 우리는 그림 엽서를 도서관 앞 복도로 가지고 나왔다. 반은 복도 양 옆에 그림 엽서를 붙였고, 반은 그 아래에 책 제목을 적을 물고기 모양 메모판을 붙였다. 다 끝내고 보니, 왜 이 행사 이름이 '북 터널에서 만나요'인지 알 것 같았다. 복도가 꼭 책 표지로 뒤덮인 터널처럼 보였다. 작업이 끝나자 도서부 애들이 우르르 빠져나갔고, 텅 빈 복도엔 가현 혼자 남아 그림 엽서를 보고 있었다. 복도가 어두워 꼭 터널 속에 홀로 남은 주인공 같았다. 웹툰 주인공으로 꽤 잘 어울릴 것 같았다. 가만히 가현의 곁으로 다가갔다. 가현은 사막의 모래폭풍 속에서 흔들리는 작은 장미 한 송이를 그린 42번 그림을 보고 있었다. 안 봐도 빤한 이야기가 머릿속에 그려졌다.

"고난과 역경, 어려움 속에서도 시들지 않는다. 너무 식상하지 않아? 분명 책도 빤한 이야기일 거야.”

내 말에 가현이 고개를 돌려 나를 쳐다봤다. 짧은 침묵이 흘렀고, 가현이 물었다.

“네가 그리는 웹툰 어떤 내용인지 궁금해.”

“특별한 거 없어. 그렇게 잘하는 편도 아니고.”

“그래도 넌 네가 상상하는 세계를 만들 수 있잖아. 현실에선 어려운 그런 거.”

그림을 처음 시작했을 땐 나도 비슷한 생각을 했었다. 하지만 현실과 상상이 어디에서 이어져 어디에서 끝나는지 알 수 없었다. 내게 상상은 현실만큼 불행할 때가 많았다. 내 머릿속에 완성되어 있는 마지막 두 컷은 하수구에 빠진 고슴도치 두 마리가 결국 폭우에 휩쓸리고, 우산을 쓴 채 하수구 철망 아래를 보고 있던 아이는 위험하다는 아빠의 말에 자리를 뜨는 장면으로 끝이 난다. 아이가 꼭 잡은 아빠의 손은 커다랗고 단단하게 그릴 생각이었다. 가느다란 나뭇가지와는 비교도 안 될 만큼.

“현실이 시궁창이면 상상은 그보다 못해. 현실을 뛰어넘는 상상은 없어.”

나도 모르게 냉랭한 속내를 보이고 말았다.

“그럼 넌 웹툰 왜 그려? 대학도 안 간다며.”

가현의 표정이 내 태블릿을 보고 있던 현아 쌤과 비슷했다.

＊ ＊ ＊

아빠는 찾아오고야 말았다. 할머니 집이 가장 안전하지 않은 곳이란 내 말을 무시한 건 엄마였다. 하지만 엄마를 거둬 줄 사람은 할머니뿐이었다.

아빠는 계속 현관문을 두드렸다. 초인종이 있는데 주먹으로 쿵쿵쿵, 집요했다. 아빠는 자신의 화를 숨기는 척 느긋하게 굴었다.

"이아진 아빠 왔어. 문 열어."

머리를 다 말리지도 못하고 나와 머리칼 끝에서 물이 뚝뚝 떨어졌다. 할머니가 휴대폰으로 112를 누르자, 엄마가 할머니 휴대폰을 빼앗았다. 이런 식의 해결책이 더 큰 어려움이 될 거라는 걸 우린 이미 잘 알고 있었다. 할머니가 내 의견을 구한다는 듯 불 꺼진 방에서 나를 쳐다봤다. 나도 고개를 저었다. 아빠가 먼저 지칠 때까지 가만히 기다리고 싶었다. 아직은 누구에게도 내가 이런 집에 사는 애라는 걸 알리고 싶지 않았다. 창문에 비친 불빛이 별일 없는 집으로 보이게 해 주길 바랐다. 할머니가 손을 뻗어 내 뺨을 쓰다듬었다. 할머니 손바닥에서 버석버석 모래 부스러지는 소리가 났다. 가현이 보고 있던 그림 속 장미처럼 내 세상도 빤하고 식상했다. 그렇다고 울고 싶진 않았다. 나는 나 스스로에게도 동정과 위로를 바라지 않는다.

"그만 돌아가. 여긴 내 집이야."

할머니의 낮은 목소리에 문을 두드리던 소리가 뚝 하고 멈췄다.

"또 오겠습니다. 그때는 얼굴 좀 보여 주세요."

몇 초 후, 어둠 속에서 엄마의 휴대폰이 울렸다. 엄마는 귀신이라도 본 듯 휴대폰을 던지고 이불 속으로 숨어들었다. 엄마는 나를 지키겠다는 약속을 벌써 잊었다. 엄마의 책임감은 그 이불 두께만큼도 되지 않았다.

잠깐 잠이 들었다 깨 보니 12시가 다 되었다. 꿈에서 가현과 같이 42번 그림 앞에서 사진을 찍는 꿈을 꿨다. 늦은 시간인 걸 알면서도 가현에게 메시지를 보냈다.

넌 마음이 힘들 때 어떻게 해?

괜한 짓을 했나 싶은 찰나, 답장이 왔다.

그냥 다른 생각해

상상으로 도망치는 거야?

다른 방법이 없잖아
그럼 넌 어떤데?

어느 정도의 상상이면 현실을 잊을 수 있을까? 답장을 할 수 없었다.

＊＊＊

“바로 집으로 가?”

책가방을 챙기던 가현이 고개를 끄덕였다.

“행정복지센터 근처에 카툰 카페 생겼던데 같이 갈래?”

할머니 일이 늦게 끝나는 날이라, 집에서 엄마랑 둘만 있기 싫었다.

“음, 오늘은 일찍 집에 가야 할 것 같은데…….”

“한 시간만 놀다 가자. 오픈 기간이라 이용료랑 음료수 세트가 반값이래.”

‘친구’라는 존재에게 무언가를 같이 하자는 것도, 또 거절하는 상대에게 한 번 더 묻는 것도 처음이었다. 가현 앞에서는 다른 내가 되는 게 신기했다. 그렇다고 가현이 무작정 편하기만 한 스타일은 아니었다. 한 발 더 다가서지 않는 내 탓일 수도 있겠지만, 가현도 항상 적정선 안에 머무는 듯했다. 하지만 무턱대고 경계 없이 지내는 것도 마땅치 않은 터라, 이 편이 내게 더 안정감을 주기도 했다.

“그럼 딱 한 시간만. 어때?”

가현은 조금 고민하는 듯하더니 고개를 끄덕였다.

우리는 각자 읽을 책을 고르고, 음료수를 주문했다. 나는 초코 무스 조각 케이크 하나를 더 결제했다. 우리는 책과 음료수, 케이크를 들고 다락으로 올라갔다. 낮은 천장 아래에 두 발을 쭉 뻗고 마주 앉았다. 달콤한 복숭아 아이스티 향이 좁은 공간에 스며들었고, 은은한 조명도 딱 알맞았다. 우리는 별말 없이 책을 읽었다. 내가 고른 책은 어쩌다 단 한 번 시간을 되돌리는 능력을 갖게 된 주인공이 무지개다리를 건넌 강아지를 만나러 간다는 내용이었다. 현아 쌤 말대로라면 이건 보편적인 이야기였다. 책을 읽으면서도 비워 둔 마지막 두 컷에 대한 고민이 이어졌다. 집중력이 떨어질 때마다 맞은편에 앉은 가현을 봤다. 단정하게 앉아 얌전히 책장을 넘기고, 아이스티를 마실 때는 소리가 나지 않았다. 흐트러짐 없는 가현을 보는 게 좋았다.

예정된 한 시간이 반쯤 지났을 무렵, 우리 둘만의 고요한 공간에 띠링, 메시지 알림음이 울렸다. 우리는 그 소리에 놀라 눈이 마주쳤다. 불길한 예감에 휩싸인 나는 테이블 위에 올려놓은 휴대폰을 집다가, 초코 케이크를 건드리고 말았다. 그런데 하필이면 가현의 팔에 그 케이크가 떨어졌고, 가현의 셔츠 소매에 초코 크림이 잔뜩 묻어 버렸다.

"아, 미안. 이거 내가 세탁해 줄게."

당황해서 허둥대는 나와 달리 휴대폰을 확인하는 가현은 아무런 미동도 없었다. 내 실수에 화가 난 것 같아 다급히 손으로 크림을 닦아 냈다. 하지만 그럴수록 크림은 더 뭉개졌다.

"나 먼저 가 볼게."

가현은 크림 따위엔 관심도 없다는 듯 다급히 소지품과 책가방을 챙겼다. 긴장한 모습이었다.

"같이 가."

나도 서둘러 가방을 챙겼다.

"아니야. 나 혼자 갈게."

가현의 휴대폰이 계속 울렸지만 가현은 전화를 받지 않았다. 굳은 표정은 곧 터질 것처럼 불안해 보였다. 가현은 엘리베이터를 기다리다가 뭐가 그리 급한지 계단을 성큼성큼 내려갔다. 나는 이유도 물을 새 없이 가현의 뒤를 따랐다. 정신없이 앞만 보며 걷던 가현이 주성아파트 정문이 보이자 뒤를 돌아봤다.

"나 혼자 간다니까."

"아냐. 나 신경 쓰지 마. 어차피 같은 아파튼데 뭐."

가현은 못마땅한 표정을 지으며 앞서 걸었다. 빠른 걸음이 허공에 떠 있는 것처럼 위태로워 보였다.

아파트 정문에 들어섰다. 대규모 아파트 단지인데도 정문 앞 아치형 철문은 너무 보잘것없었다. 구멍이 송송 난 철문엔 이름 모를 넝쿨들이 지저분하게 감겨 있었다. 게다가 아무도 관리를 하지 않는 것인지 철문의 반은 녹이 슬고, 넝쿨들은 바짝 말라 있었다. 가현이 먼저 철문을 통과했고, 나도 그 뒤를 따랐다. 1101동 앞에 사람들이 서 있었고, 어떤 소리가 들렸다. 아주 익숙한 소리였다. 수없이 마주했지만 단 한 번도 원치 않았고, 수없이 피하고 싶었지만 한 번도 피할 수 없었던 광경들이 눈앞에 펼쳐지고 있었다. 눈앞이 흐릿해져 금방이라도 땅속으로 푹 꺼져 버릴 것 같은 찰나였다. 눈앞에 가현의 등이 보였다. 늘 단정하고 반듯했던 등이 금방이라도 무너져 내릴 것 같았다. 그리고 전학 온 첫날, 도서관에 마주 앉아 들었던 말, 난 1101동 살아. 2층에 산다고 했다. 새벽에도 정문을 드나드는 사람들이 많아 자주 깬다고 했다. 사람들은 모두 2층을 보고 있었다. 남자가 손을 뻗어 여자의 머리를 낚아챘다. 비명과 괴성이 뒤섞여 들렸다.

"김가현."

가현이 나를 봤다. 눈물조차 흘리지 못하고 있었다. 가현은 나와 같은 일을 겪고 있었다. 뭘 더 생각할 겨를도 없이 내 몸이 먼저 반응했다. 덥석, 가현의 손을 잡았다. 가현을 돕고 싶었다. 할 수 있을 것 같았다. 가현의 손을 잡아당겼다. 가현은 뿌리치려 했지만 곧 맥없이 끌려왔다. 이곳에서 멀어지고 싶었다. 가현의 손을 꼭 붙잡은 채로 소리가 들리지 않을 곳을 향해 있는 힘껏 뛰었다.

1120동 쪽 후문으로 빠져나오면 중앙공원으로 이어지는 구불구불한 산책로가 있다. 산책로에는 드문드문 벤치가 놓여 있는데, 주위에 무성한 풀이 높게 자라 있었다. 나는 그 벤치들 중 가장 안전해 보이는 곳에서 멈췄다. 그리고 우리는 그 벤치에 한동안 말없이 앉아 있었다.

가현은 입을 꼭 다문 채 두 손으로 교복 치마를 움켜쥐었다. 무엇을 참고 있는 걸까. 가현의 머리 위에 팽팽하게 부풀어 오른 버블 텍스트가 띄워져 있는 것 같았다. 그 안에 채워야 할 말이 무엇일까 생각했다.

"저기…… 가현아. 있잖아."

가현은 나를 보지 않았다.

"괜찮아. 힘들면 울어도 돼. 나 네 마음 뭔지 알아."

돕고 싶었다. 불안한 마음을 알아주고 싶었다.

"우리 곧 어른 될 거잖아. 조금만 참으면 벗어날 수 있어."

하지만 역시나 아무런 반응이 없었다. 그저 발끝만 보고 있었다. 그러니 나도 비밀을 말해야 했다.

"우리 집도 똑같아. 아빠 피해서 일본에서 도망쳤고, 여기로 전학 온 거야."

내 비밀을 가현에게 말할 수 있어서 다행이라고 생각했다. 우리가 같다는 건 슬프지만, 그래서 서로를 이해할 수 있을 거라고 믿었다.

"가현아. 괜찮아. 우리 괜찮을 거야. 너 그동안 많이 힘들었겠……."

내 말이 채 끝나기도 전에 가현이 자리에서 벌떡 일어났다. 나도 모르게 가현의 손을 잡았다. 가현이 슬그머니 하지만 단호하게 손을 빼냈다. 그리고 우리가 함께 손을 잡고 달려왔던 길로 터벅터벅 걸어갔다. 내 손에서 옅은 초코 크림 냄새가 났고, 어둠은 점점 더 짙어지고 있었다.


＊＊＊


집으로 돌아오는 길에 불 켜진 아파트를 올려다봤다. 그 집들은 모두 각자의 이야기를 지니고 있을 거다. 불 켜진 집을 올려다볼 때면 이유 없이 마음이 복잡해졌다. 모두가 그 집에서 다들 괜찮은지, 나처럼 터질 것 같은 마음과 함께 살고 있진 않은지 궁금했다. 1118동 앞을 지나갈 때, 열린 창문 너머로 웃음소리가 들려왔다. 최근에 언제 웃었는지 기억조차 나지 않았다. 그러다 가현의 웃음이 왜 그렇게 어색했는지 알 것 같았다.

집에 돌아와 휴대폰만 만지작거렸다. 집에 돌아간 가현이 괜찮은지, 더 큰일이 생긴 건 아닌지 걱정스러웠다. 나도 모르게 연필 끝을 계속 깨물고 있었다. 입 안에서 쓰디 쓴 나무 맛이 났다.

같이 도망쳐 줄 사람 필요하면 언제든 연락해


진심이었다. 문자를 보내 놓고 새벽이 밝아 올 때까지 잠을 이룰 수 없었다. 가현에게 연락이 온다면 언제든 손을 잡고 뛰어 줄 준비가 되어 있었다.

아침에 학교 같이 갈래?

준비를 다 마치고 1101동 정문 쪽으로 가는 동안에도 답장은 오지 않았다. 혹시나 하는 마음에 1101동 앞에서 10분 정도 기다렸다. 학교에 가 보니 가현은 벌써 자리에 앉아 책을 읽고 있었다.

"내 메시지 못 봤어?"

가현은 나를 보지도 않고 고개만 끄덕였다. 하는 수 없이 자리로 돌아왔다. 하루 종일 가현은 내게 아무 말도 걸지 않았을 뿐 아니라 내 쪽으로 시선도 돌리지 않았다. 단정하게 묶고 다니던 머리를 풀어 얼굴을 가렸고, 교실 안에서 어떤 존재감도 드러내고 싶어 하지 않는 듯했다. 분명 나를 피하고 있었다. 이유를 물어보고 싶었지만 어제 내가 본 장면을 생각하면 가현의 입장을 이해 못 할 것도 아니었다. 기다려 줘야겠다 마음먹었다.

하지만 며칠이 지나도록 가현의 태도는 변하지 않았다. 수업이 끝난 후 가현은 빠르게 교실을 빠져나갔다. 언제부터 '친구'가 있었다고 혼자 하교하는 길이 어색하게만 느껴졌다. 가현 외에는 아는 애들도 없고, 내 휴대폰은 불안한 일이 아니고서야 울리는 법이 없었다. 집에 돌아와 하루 종일 휴대폰만 쳐다보는 건 가현과, 또 오겠다는 말을 남기고 수상하리마치 연락이 없는 아빠 때문이었다.

유일한 숨구멍은 토요일에 가는 웹툰 학원이었다. 오늘은 내 식대로 마지막 두 컷을 완성해야겠다 마음먹었다. 하지만 현아 쌤은 내가 자리에 앉자마자, 자신의 의견을 또 피력했다.

"이 정도면, 아진이 너도 확신 못 하는 거 맞지? 일단 내 의견대로 진행해 보고 그때도 마음에 안 들면 네 스타일로 바꿔 보는 거 어때?"

자꾸 자기 의견을 고집하는 현아 쌤에게 불편한 감정이 들었다.

"쌤, 제 결말이 그렇게 별로예요? 그림 문제라면 받아들이겠는데, 스토리를 제 식대로 못 푸니까 너무 답답해요."

"공모전엔 감동적이고 따뜻한 쪽이 더 유리해. 네가 만약에 왼쪽 고슴도치라고 생각해 봐. 뭐라도 붙잡고 싶지 않겠어? 옆에 있던 친구가 도와주면 얼마나 고맙겠어. 도움을 주는 쪽도 좋은 거고. 나중에 작품 설명할 때도 이 편이 훨씬 더 나아."

현아 쌤은 오늘도 포기할 마음이 없어 보였다.

"비가 곧 그칠 수도 있고, 그사이 누군가가 도와줄 수도 있고……. 버티고 있는 사이에 다른 희망이 생길 수도 있잖아."

나에게도 그런 말을 하는 사람들은 많았다. 하지만 그들은 모두 뒷짐을 지고 있었다.

"쌤. 그건 너무 동화 같잖아요. 의도랑 결말이 너무 완벽해서 거짓말 같은 그런 동화요."

현아 쌤도 내 현실을 안다면 이해할 수 있을 거다.

"흠. 하지만 누구나 그런 이야기를 기다리잖아."

내가 고개를 젓자, 현아 쌤도 나를 보고 고개를 저었다.

학원에서 나와 한참을 걸었다. 번화가인데다 주말이라 사람들이 많았다. 모두들 즐거워 보였다. 휴대폰을 열어 가현과 나눴던 메시지 창을 열었다. 며칠 전 학교에 같이 가자고 보냈던 메시지가 마지막이었다. 읽지 않음 표시가 그대로였다. 한 시간 넘게 걸으면서 현아 쌤의 말이 머릿속에서 떠나지 않았다.

'기다리잖아…… 기다리잖아…….'

엉성한 철문을 통과하자마자, 아파트를 올려다봤다. 불이 켜진 집도 있고 불이 꺼진 집도 있었다. 오늘은 어느 집에서 라면을 끓이는지 라면 냄새가 밖으로 흘러나왔다. 별일 없이 집에 돌아와 라면을 끓여 먹는 누군가의 모습이 그려졌다. 하지만 내겐 그런 평범한 집이 없었다.

1101동 앞에 서 있는데 엄마한테서 메시지가 왔다.

> 선희 이모네 집에서 하루 자고 갈게. 미안해.
> 우린 괜찮을 거야. 꼭 그럴 거라고 믿어. 엄마
> 마음 알지?

이젠 헛웃음도 나지 않는다. 차라리 우리는 곧 어떻게 되고 말거라고, 그러니 너라도 정신 똑바로 차리라고 말하는 편이 낫다. 1101동을 지나가는데, 내가 하루 종일 기다린 건 가현의 연락이었다는 걸 알았다. 물어보고 싶었다.

'괜찮니? 괜찮아진 거야?'

＊ ＊ ＊

　도서관 행사 날, 준비를 열심히 한 것 치곤 학생들의 참여도가 높지 않았다. 애써 준비한 행사에 대한 반응이 썰렁하자 사서 선생님도 가라앉아 보였다. 점심시간에 도서관 행사 참여를 독려하는 방송이 나갔고, 각 반 담임들도 학생들을 모아 도서관으로 내려보냈다. 행사 날 가현과 함께 도서관에서 시간을 보내고 싶었는데 그럴 수 없어 아쉬운 마음뿐이었다.

　하교 후, 혹시나 하는 마음으로 도서관으로 향했다. 몇몇 애들이 책 제목을 장난스럽게 적고 있었다. 나는 42번 그림 앞으로 갔다. 그림 엽서 아래에 책 제목이 반듯하게 적혀 있었다. 연필로 썼다는 걸 한 번에 알 수 있었다. 도서관 행사 준비에 진심이었던 가현이 오지 않았을 리가 없다.

*한 번도 부서진 적 없는 / 김장미 작가*

　도서관 열람실로 달려가 책을 찾았다. 이 책은 작가의 자전적 소설이었다. 책의 뒷면엔 가정폭력을 겪은 작가의 눈물겨운 성장 스토리가 많은 독자에게 진정한 위로가 될 것이라는 소개 글이 적혀 있었다. 흔한 이야기였다. 하지만 흔한 이야기가 내 이야기가 될 때 그 이야기는 특별해진다. 책장을 넘겨 보았다. 79페이지, 폭

력의 장면을 고스란히 묘사한 중간 문단에 '우리 집 XXX랑 똑같네'라고 쓰인 낙서가 보였다. 책을 가지고 사서 선생님에게 갔다.

"선생님, 이 책 애들이 많이 빌려 가요?"

사서 선생님이 씩 웃더니 고개를 저었다. 그러고는 책 뒤 바코드를 스캔했다.

"책은 5년 전에 들어왔는데, 딱 두 명 빌려 갔어. 그 한 명이 김가현이네."

그렇다면 한 명은 표지를 그린 선배일 거다.

'책 속 낙서도 그 선배가 그런 걸까?'

작가와 가현, 선배 그리고 나는 하나의 가지로 이어져 있었다. 그림 엽서를 보고 빤한 이야기라며 무시한 건 나였다.

밖으로 나와 또 오래도록 걸었다. 마음이 어지러울 땐 무작정 걸었다. 스쳐 가는 사람들, 그 사람들이 머물렀던 곳들을 걸어 다녔다. 별일 없는 사람들 속에 나를 끼워 넣고 싶었다. 하지만 결국 발걸음이 멈춘 곳은 1101동 앞이었다. 그 앞에서 움직일 수 없었다. 주변이 어두워져 시간을 보니 어느덧 7시가 다 되어 오고 있었다. 무언가 해결되지 않은 채로 집을 향해 가려는데 멀리 가현이 보였다. 가현은 줄곧 바닥만 보며 걷다가 어느 지점에서 나를 알아챘다. 가현이 걸음을 멈추고 몇 초가량 나를 쳐다보더니 성큼성큼 나를 향해 다가왔다. 흐릿한 가로등 불빛 아래에서 가현의 냉랭한 표정이 드러났다.

“너 지금 여기서 뭘 기다리고 있는 거야?”

가현을 봐서 반가운 건 나뿐인 듯했다.

“뭘 기다리다니. 난 그냥 너 보고 싶기도 하고…….”

“아닐걸. 잘 생각해 봐.”

무슨 의미인지 이해할 수 없었다. 가현에게 섭섭한 마음마저 들었다.

“그게 무슨 말이야. 난 그냥…….”

“너는 여기서 또 너를 위로할 거리를 찾고 있었겠지. 우리 집 불행 같은 거.”

가현의 눈동자에 나를 향한 반감이 맺혀 있었다. 무슨 말을 하려는 건지 이해할 수 없었다.

“너랑 나랑 같은 상황이라서, 그래서 좋았어?”

가현은 한 번도 보여 준 적 없는 얼굴로 나를 몰아세웠다. 하지만 가현이 이해할 수 없다면 설명해야 했다.

“우리가 겪는 일을 어떻게 좋다는 말로……. 난 그냥 너를 위로하고 싶었을 뿐이야.”

가현은 내 말에 피식, 하고 웃어 버렸다.

“이해한다, 괜찮다 하면서 너 그날 내 불행에서 위로받았잖아. 아니야?”

가현이 큰 소리로 나를 향해 쏘아붙였다. 아무리 화가 나도 그렇지. 내가 자신의 불행에서 위로를 받았다니. 그건 내가 가장 최악이라고 생각했던 그런 일이었다. 내가 그런 생각을 했을 리가…….

"아냐. 그, 그렇지 않아."

가현의 팔을 붙잡았다. 하지만 날 꿰뚫어 보는 가현의 눈빛에 아무것도 할 수 없었다.

"어설픈 위로 같은 거 앞으로도 사양할게."

가현은 내 팔을 떼어 냈고 1101동 안으로 들어갔다.

그랬다. 그날 난 가현에게 이해한다고, 괜찮을 거라고 했다. 우리 집을 보고 동정하던 사람들처럼, 또 엄마처럼 나도 그랬다. 하지만 진심이었다. 그 마음과 상황을 너무 잘 알기에 가현의 마음을 위로하고 싶었다. 기다란 2층 복도에 센서 등이 켜졌다. 가현이 현관문을 열었고, 그 안에도 환하게 켜진 불이 보였다. 내가 가현의 불행을 기다렸다니, 그럴 리가 없다.

서둘러 집으로 돌아와 태블릿을 켰다. 가현에게 내 말이 진심이었다는 걸 증명하고 싶었다. 빠르게 마지막 두 컷을 완성했다. 먼저 물에 빠져 있던 오른쪽 고슴도치가 왼쪽 고슴도치 쪽으로 나뭇가지를 밀었다. 하수구에 빠진 두 고슴도치는 가까스로 나뭇가지로 연결되었다. 오른쪽 고슴도치 위에 떠 있던 버블 텍스트를 채워 넣었다.


*폭우는 곧 지나갈 거야. 힘내.*

왼쪽 고슴도치 위에 띄워 둔 버블 텍스트 속 커서가 깜빡였다.

*고마워.*

완성은 했지만 마음 한구석이 개운하지 않았다. 완성된 작품이
누굴 위한 것인지 혼란스러웠다. 그나마 현아 쌤이라는 핑계가 있
어서 다행이었다.



바로 답장이 왔다.



현아 쌤은 내 스토리가 문제라고 하더니, 그림 이야기만 꺼냈다.
상관없었다. 나는 현아 쌤에게 문자를 보내는 것으로 이 작품을
수정 불가한 상태로 만들었다. 가현이 42번 책을 골랐듯, 언젠가
내 작품도 볼 수 있길 바랐다.

* * *

가현과 나는 완전히 멀어졌다. 일주일간의 도서관 행사도 오늘

이 마지막 날이었다. 사서 선생님은 그동안 고생한 애들을 불러 간단하게 과자 파티를 하자고 했다. 혹시나 하는 마음에 도서관에 들렀지만 가현은 오지 않았다. 도서부 애들이 모여 앉아 과자를 먹고 있었지만 내게 아무도 같이 먹자는 말은 하지 않았다. 나는 '한 번도 부서진 적 없는' 책을 반납하고 나왔다. 도서관 행사를 도우면서 가현을 알게 됐고, 나는 이 책에 세 번째 대출자로 이름을 남겼다. 그거면 충분했다.

며칠 후 사서 선생님은 전학생인 내가 끝까지 행사를 도운 것이 고맙다며 책 선물을 주었다. 포장지를 풀어 보니 김장미 작가의 책이었다. 《한 번도 부서진 적 없는》. 작가는 이 책을 마지막으로 작품 활동을 하지 않고 있다고 했다.

"5년 전에 나온 책인데, 너 5년 전에 일본 갔었다며. 또 아진이 네가 이 책에 관심 있는 것 같기도 하고, 이 책을 읽은 가현이랑도 친한 것 같아서 골랐어."

집에 돌아와 책상에 책을 올려놓고 쳐다보기만 했다. 사실 도서관에서 책을 빌리긴 했지만 읽진 않았다. 이미 모든 것들이 부서져 버렸는데, 한 번도 부서진 적 없다는 말이 싫었다. 그런 말들로 지켜지는 건 하나도 없다. 하지만 무엇보다 이 책을 읽고 나면 내가 나를 위해 지켜왔던 것들이 부서질까 봐 겁이 났다. 누군가를 온전히 위로하고, 이해한다는 건 불가능한 일이다. 그런다고 없던 일이 되는 게 아니다.

현아 쌤에게 작품을 보내 놓고 한 번도 열어 보지 않았다. 내가 완성한 웹툰의 메시지는 내가 원했던 게 아니었다. 그런데 그 상황 속에 가현을 옮겨 놓으면 내 마음은 진심이 된다. 두 가지 생각으로 머리가 복잡해졌다.

"이것 좀 받아 줄래?"

마트에 다녀온 할머니가 현관에서 부르는 말에 방에서 나왔다. 마침 엄마도 방에서 나왔고, 우리는 할머니가 미처 닫지 못한 현관문 뒤에 서 있는 아빠를 보고 비명을 질렀다. 비명은 곧 둔탁한 소리들도 덮였고, 뜨거운 눈물은 온몸을 떨게 만들었다. 할머니의 손때 묻은 낡은 살림살이들이 공중으로 떠올랐다. 이런 상황에서는 그 누구도 희망을 말할 수 없다. 그런 일을 겪고도 한 번도 부서진 적 없다 말할 수 없다. 겪어 봤다면 그렇게 말할 수 없다. 작가는 거짓말을 하고 있었다.

아빠는 이웃의 신고로 경찰서에 연행됐다. 경찰이 앞으로 아빠를 우리 눈앞에 나타나지 않게 해 줄 거라고 믿지는 않는다. 할머니는 부서진 물건들을 주워 담다가 처음으로 눈물을 보였다. 엄마는 수없이 부서졌지만 처음 겪는 일인 것처럼 눈물을 흘렸다. 이제 할머니에게도 같은 일이 생길 거라는 게 미안했다. 눈물이 차올라 견딜 수 없었다. 팽팽하게 부풀어 오른 혼란스러운 감정이 눌러지지가 않았다. 아무렇게나 신발을 구겨 신고 밖으로 뛰쳐나왔다. 사람들 몇몇이 복도에 나와 우리 집 쪽을 흘깃거리고 있었다. 계단을 뛰어 내려와 앞만 보고 달렸다. 목적지를 정하고 나온 것은 아니었는데, 발길은 갈 곳을 안다는 듯 한곳을 향해 정신없이 움직였다. 가현의 집 앞이었다.

그날, 싸움이 났던 1101동 2층 가현의 집을 물끄러미 바라봤다. 그리고 귀를 기울였다. 그때 내 머리 위로 버블 텍스트 하나가 떠올랐다. 버블은 점점 더 크게 부풀었다. 무얼 바라고 여기서 가현의 집을 보고 있는 건지 대답하라며 나를 재촉했다.

*너 내 불행에서 위로받았잖아.*

나 역시 괜찮아질 거라고, 다 지나간다고 말하던 사람들과 다르지 않았다. 우리가 겪은 일은 같지만, 같지 않다. 그걸 가장 잘 아는 내가, 그걸 잘 모르는 사람들이 하는 말을 했다. 그걸 진심이라고 포장했다. 나는 내가 이해할 수 없던 사람들과 다를 바가 없었다. 나를 무수히도 속여 왔던 최초의 사람은 나였다. 내 머리 위에 띄워진 버블이 펑, 하고 터지는 소리가 났다. 나는 귀를 막고 주저앉았다.

* * *

가현의 집에서 우리 집으로 돌아가는 길은 사뭇 더 멀게 느껴졌다. 집 앞에 다 와서야 운동화 짝이 다르다는 걸 알았다. 발걸음이 더 무거워졌다. 그렇게 우리 동 앞에 도착했을 무렵, 누군가 서 있었다. 가로등 불빛이 희미해 얼굴은 잘 보이지 않았지만 서 있는 모습만으로도 누군지 알 것 같았다. 나는 그쪽으로 걸어가며 물었다.

"언제부터 여기 있었어?"

그 애도 나에게 다가오며 대답했다.

"네 불행이 들렸을 때부터."

내 불행에 나뭇가지를 놓아 준 건 가현이었다.

"어디 갔다 와? 우리 집?"

가현이 내게 손을 내밀었다. 나는 내가 오른쪽 고슴도치라고 생각했다. 하지만 이제는 안다. 나는 왼쪽 고슴도치였다는 걸. 마지막 컷의 왼쪽 고슴도치는 고맙다고 말했다. 그런데 그 말은 어울리지 않는다. 나는 터져 버린 나의 버블 텍스트 속에 숨겨 왔던 말을 해야 했다.

"응. 기다렸어."

가현이 한 발 더 가까이 다가오자, 우리 둘 사이에 새로운 버블 텍스트가 떠올랐다. 이제 우리는 이 안에 어떤 말을 채워야 할까.

# 피노키오는 코가 길어지지 않는다

이선주

1.

출판사로부터 '거짓말'이란 소재로 앤솔러지 제안을 받고 《피노키오》를 떠올렸다. 나중에 메일을 찬찬히 읽어 보니 거짓말이 아닌 '첫 거짓말'이었다. '첫 거짓말'과 '거짓말'은 진눈깨비와 함박눈처럼 속성만 같을 뿐, 엄연히 다르다. 진눈깨비는 비와 눈이 섞여 있어 내리자마자 녹아 버린다. 함박눈이 쌓이면 길이 언다. 첫 거짓말은 길을 꽁꽁 얼어붙게 할 만큼 강렬한 함박눈을 닮았다.

말을 할 줄 모르는 아기가 아닌 이상 거짓말을 안 해 본 사람은 없을 것이다. 나도 살면서 수많은 거짓말을 했다. 거짓말을 할 때마다 피노키오처럼 코가 길어졌다면 코 때문에 거리를 돌아다니지 못할 정도였을 것이다. 거짓말을 했다고 말할 때 그리 크게 부끄러움을 느끼지 않는 이유는, 나만 거짓말을 많이 했을 거라고 생각하지 않기 때문이다.

누구나 하는 거짓말을 나도 했을 뿐이다.

그래서일까. 나는 거짓말을 많이 해서 코가 길어진 피노키오보다 고작 거짓말을 했다고 코를 길어지게 만든 어른들이 나쁘다는 생각을 자주 했다. 코가 길어진다는 건 '신체 변형'이 일어나는 일인데, 어린아이가 눈앞의 달콤함 때문에 거짓말을 한 일이 신체 변형을 줄 만큼 잘못된 일이냐는 것이다.

무엇보다, 피노키오에게 형벌을 내린 어른들은 거짓말을 안 했을까? 그들도 많이 했을 것이다. 그래서 나에게 《피노키오》란 처음 읽었을 때부터 잔혹한 이야기였다. 어른들이 어린이들을 겁박하기 위해 만든 이야기. 이번 기회에 《피노키오》가 얼마나 잘못된 이야기인지 짚고 넘어가야겠다는 생각에 사로잡혔다.

나는 동화나 청소년 소설을 주로 쓰는 작가다. 주로,라고 했지만 등단 후 성인 소설을 발표한 적은 없다. 초등학교 6학년, 작가의 꿈을 품은 이후 청소년 소설을 쓰고 싶다는 생각을 해 본 적은 없다. 내 머릿속을 어지럽게 하는 여러 열망이나 망상 혹은 분노를 글로 토해 내고 싶었지만 그게 청소년 소설일 거란 생각은 하지 못했다. 청소년 소설이 따로 분류되는지도 몰랐다. 우연히, 정말 우연히라고 말할 수밖에 없는 계기로 청소년 소설로 등단한 후 청소년 소설을 쓰고 있지만 늘 답답한 마음이 들었다. 성인 소설을 쓰고 싶다는 마음과는 다르다. 쓰고 싶으면 쓰면 됐다. 그것과는 다른 답답함이었다.

청소년 소설이든 동화든, 내가 발표하는 소설들은 모두 웅얼거림 같았다. 혹은 옹알이? 이런 것도 소설이라고 할 수 있을까.

그런 와중에 '첫 거짓말'이란 소재로 앤솔러지 제안을 받았고 이번엔 옹알이 말고 제대로 된 소설을 써 보자고 다짐했다. 의욕에 차서 《피노키오》도 다시 읽었다. 피노키오가 거짓말을 해서 코가 길어지는 부분은 집중해서 읽지 않으면 넘어갈 수 있을 정도로 짧았다. 단 몇 줄. 《피노키오》는 '유혹'에 관한 이야기였다. 놀이에 대한 유혹, 투기에 대한 유혹, 환상에 대한 유혹. 유혹을 이겨 내지 못하면 어른이 되지 못한다. 그러나 나를 포함해 대부분의 사람들이 알고 있다. 어린이뿐만 아니라 어른도 유혹에서 자유롭지 못하다는 걸. 그렇다면 우린 영영 어린아이다.

띠띠띠띠.

현관문 열리는 소리가 들렸다. 인영이 들어오는 소리였다. 피아노 학원에 다니는 인영은 학교가 끝나면 학원 차를 타고 피아노 학원에 갔다가 학원 차를 타고 집으로 온다. 일하는 엄마에게 학원은 선택이 아닌 필수다.

"왔어?"

키보드에서 손을 떼고 방문을 열었다. 인영이 나를 쳐다보지도 않은 채 신발주머니를 내려놓고 방으로 들어갔다.

"무슨 일 있었어?"

닫힌 방문을 열자 인영이 침대에 누워 있었다.

"씻지도 않고. 무슨 일 있는 거야?"

"아니야."

초등학교에 입학한 후로 가끔 골을 부렸다. 유치원 다닐 때까진 속이 상하는 일이 생기면 종알거리기 바빴다. 선생님한테 칭찬받은 일은 빼놓지 않았고, 선생님이 같은 반 친구인 단아한테 그만,이라고 세 번을 말했고 유준이한텐 혼나,라는 말을 두 번 했다는 말까지 전했다. 유치원 선생님과 대화하다가 남편과 음식물 쓰레기 버리는 문제로 싸운 것까지 알고 있어서 당황한 적이 있다. 아이는 해도 되는 말과 안 되는 말을 구별할 줄 몰랐다. 가족 식사 모임에서 천천히 먹으라고 잔소리를 하는 할머니를 향해 아이가 "할머니는 진짜 오지랖이야"라고 한 적이 있다. 그땐 어린애가 저런 말도 할 줄 안다면서 내심 기특해하기까지 했다. 그러나 가끔은 당혹스러워서 아이에게 집에서 가족끼리 한 말은 밖에서 하면 안 된다고 몇 번이나 일렀다. 그래도 늘 말을 참지 못하는 아이였다. 그런데 초등학교에 들어가면서부터 어떤 말을 하려다가 삼키는 경우가 왕왕 생겼다.

"말하기 싫어?"

인영이 이불을 머리 끝까지 올렸다. 가을을 지나는 중이라 아침 저녁으로 쌀쌀했는데, 며칠 전부터 갑자기 날이 더워졌다. 여름은 그냥 가는 법이 없었다. 가기 싫다고 골을 있는 대로 부리다가 홀연히 가 버린다. 이불을 덮으면 더울 텐데 싶으면서도 이불을 내려라 마라 그런 것까지 간섭하고 싶지 않아서 아무렇지 않은 척 "아이스크림 먹고 싶으면 나와. 베스킨라빈스야"라고 했다. 미동도 없었다.

방문을 닫고 나자 아이가 컸구나, 이제 내 품에서 벗어났구나 하는 실감이 갔다. 가슴 부근에 찌르르한 통증이 지나갔다. 어떤 실감은 육체적 통증을 동반한다. 마치 거짓말을 하고 코가 길어질까 봐 전전긍긍하던 어린 시절의 내가 떠올랐다.

아이가 얼른 커서 손 좀 덜 갔으면 싶다가도, 엄마는 이제 필요 없다고 할까 봐 조바심이 났다. 아이가 애타게 나를 찾고, 내가 없이는 살 수 없다고 느낄 때면 그토록 원하던 존재감을 느꼈다.

내가 세상에 필요하다는 자각, 느낌, 생동감.

움켜쥔 손을 편다.

이미 남아 있는 건 없었다.


저녁을 차리기 전에 먹고 싶은 걸 물으려고 방문을 열었더니 인영은 잠들어 있었다. 가까이 다가가 보니 이마에 땀이 흥건했다. 두꺼운 이불을 들쳐 내고 욕실에서 수건을 가져와 이마와 머리를 닦았다.

아이 방 창문을 열고 방문을 닫았다. 저녁은 조금 늦게 먹어도 될 것이었다.

**2.**

마감 날짜가 넉넉해서 미뤄 두고 있었더니 어느새 약속했던 날이 가까워졌다. 원고지 100매 짜리 원고의 초고를 쓰는 시간과 고치는 시간을 계산해 보니 오늘부터는 글쓰기에 들어가야 했다.

*출판사로부터 '거짓말'이란 소재로 앤솔러지 제안을 받고 《피노키오》를 떠올렸다.*

첫 문장을 썼다.

예전부터 작가가 화자인 소설을 좋아했다. 작가가 화자인데 누가 읽어도 실제 작가의 분신처럼 보이는 이야기들. 예를 들어 일본의 사소설이나 우리나라의 자전적 소설 같은 것들 말이다. 작가가 화자인데, 실제 작가와 관련이 없이 만들어진 캐릭터인 경우에는 큰 흥미가 없었다. 그건 그냥 검사나 청소부, 간호사나 회계사 같은 직업으로서의 의미일 뿐이었으니까.

작가가 되기 전부터, 작가가 되면 작가가 직접 말하는 류의 글을 많이 써야겠다고 생각했는데 이제껏 딱 한 번 발표했을 뿐이다. 작가는 자기가 쓰고 싶은 걸 쓰는 사람인 줄 알았는데 그게 아니었다. (물론 아주 개인적인 생각일 뿐이다. 세상에는 쓰고 싶은 걸 쓰는 작가도 많을 것이다.) 나는 이걸 쓰고 싶은데 쓰고 나면 저거였다. 빨간색 사과를 표현하고 싶었는데 초록색 아오리 사과를 그린다거나 사랑을 말하고 싶었는데 분노를 이야기하고 거짓말에 대해 말하고 싶었는데 실은 성장에 대해 말하는 것처럼 말이다.

그러니까 쓰고 싶은 게 있는 것과 그걸 쓸 수 있는 능력은 다르다는 걸 깨달아 가는 나날이었다.

드륵 드륵 드륵

카톡이 울렸다.

누군지도 모른 채 귀찮다는 생각만 들었다. 작가라고는 하지만, 작업할 수 있는 시간은 늘 모자란다. 책과 관련된 강연 요청이 들어오면 대부분 수락했고 집안일과 아이 학원 라이딩도 해야 한다. 피아노 학원처럼 학원에서 차를 운영하는 경우도 있지만 코딩 학원이나 주산 학원은 직접 데려다주고 데려와야 했다. 늘 시간에 쫓겼다. 세 시간 앉아 있어도 한 줄 쓰기가 힘든데, 세 시간을 앉아 있을 여유조차 없었다.

드륵 드륵 드륵

아이 친구 엄마들 단톡방이었다.

내가 살고 있는 곳은 지방 소도시의 작은 동네다. 시골처럼 한 집 건너 서로 알 정도로 친밀한 곳은 아니지만 같은 어린이집, 같은 유치원을 다니다 같은 초등학교에 입학하게 되면 서로에 대해 알고 싶지 않아도 알게 된다. 인영이 유치원생일 때까진 바쁘다는 핑계로 엄마 모임에 참여하지 않았는데, 초등학교에 들어가면서 단톡방에 들어갔다.

들어갔다는 표현도 무례하다. 나에게 선택권이 있다는 느낌이 내포되어 있기 때문이다. 감사하게도,라는 말을 붙이는 게 더 어울리는 듯하다. 들어가고 싶다고 들어갈 수 있는 곳도 아니니까.

인영은 초등학교에 들어가서 두 명의 친구와 친해졌다. 하교 후에 서로의 집에 놀러 가거나 토요일에도 만나서 놀려면 부모의 허락이 필수였다. 혜윤과 바다. 둘의 부모는 원래 아는 사이였다. 혜윤의 엄마에게 혜윤이 우리 집에서 놀아도 되는지 연락을 했더니, 혜윤 엄마가 바다 엄마에게는 본인이 연락하겠다고 했다. 셋이 어울리는 일이 잦아지자 혜윤 엄마가 바다 엄마와 만든 단톡방에 나를 초대했다. 처음에는 조심스러웠다. 이번 주 토요일에 애들이 혜윤네서 논다는데, 혜윤 엄마 괜찮을까요? 네네, 그럼요. 다음 주에는 저희 집에서 놀게 할게요. 이런 말들을 시작으로 담임 선생님이 숙제를 너무 많이 내 준다는 이야기, 같은 반의 누가 너무 난폭하다는 말 등이 이어졌다. 그러다 어느 날부턴가 남편 이야기나 시부모님 이야기가 툭툭 튀어나왔다. 싫다라는 감정보다 더 격렬한 감정이 불쑥불쑥 올라왔다.

바빠 죽겠는데, 할 일도 없나.

짜증 나.

아 진짜 인영만 아니면 나가는 건데.

이런 격렬한 감정에 스스로도 놀랐다. 장편소설 마감을 앞두고 바쁜 상태에서 내 기준으로는 별 쓰잘머리 없는 말로 사람을 정신 사납게 한다고 생각했다. 그쪽 시어머니가 상하기 직전의 반찬을 바리바리 싸들고 와서 버리듯 놓고 간다는 말을 내가 왜 들어야 할까. 사실 아이 친구 엄마 단톡방만이 아니라 애초에 카톡을 거의 하지 않는다. 소꿉친구, 부모님, 언니와 간간이 안부 주고받는 용도로만 쓴다. 글이 잘 안 풀려서인지 신경이 예민했다. 그런 나에게 시도 때도 없이 울리는 카톡은 큰 스트레스였다.

대답을 잘 안 해서일까. 언제부턴가 카톡 오는 횟수가 줄었고 그건 묘하게도 위안이 되었다.



혜윤 엄마였다. 잠시 공백이 있은 후에 다시 카톡이 왔다.



착각을 했다는 게 무슨 뜻인지 선뜻 이해가 가지 않았다. 아마도 바다 엄마에게 개인적으로 물어본다는 걸 셋이 있는 단톡방에 올렸다는 뜻인 것 같았다.

이번 주 토요일은 바다의 생일이다. 지난주부터 인영은 바다 생일 파티에 가져갈 선물을 고르느라 바빴다. 고심 끝에 고른 선물은 시나모롤 캐릭터가 그려진 문구 세트였다.

나는 그럼요,라고 짧게 답하고 다음 말을 기다렸다. 그러나 혜윤 엄마도 바다 엄마도 아무 말이 없었다. 그대로 단톡방을 나오려다가 카톡을 위로 올렸다. 일주일 전이 마지막이었다. 그전엔 3일 전, 다시 2일 전이었다가 어느 날은 하루에도 여러 번 카톡을 주고받은 흔적이 보였다. 나의 대답은 거의 아, 그러시구나, 아아, 그렇네요, 네네가 전부였다.

시계를 보니 2시 10분을 넘어가고 있었다.

오늘은 인영이 코딩 학원을 가는 날이라 얼른 차 키를 챙겨 집을 나섰다. 학교 앞은 아이를 태우러 온 차들로 북적였지만 차 댈 데가 없는 건 아니었다. 학년별로 끝나는 시간도 다르고 방과 후 선택 과목도 다르기 때문이다.

"인영아!"

인영이 차를 못 봤는지 그냥 지나쳤다. 가뜩이나 하교하는 아이들로 번잡한 곳에서 경적을 울리고 싶지 않아서 얼른 차에서 내려 인영 쪽으로 갔다. 그때 혜윤과 바다가 반대 방향으로 걸어가는 모습이 보였다.

"이인영!"

인영의 등을 톡 치면서 부르자 인영이 "꺅!" 소리를 냈다.

"놀랐잖아."

얼굴이 하얗게 질릴 정도로 놀란 기색이 역력했다. 인영의 어깨에서 가방을 뺏어 들었다. 아직 초등학교 1학년인데도 가방은 묵직했다.

“까먹었어.”

오늘이 코딩 학원에 가는 날이란 걸 까먹고 피아노 학원 차량이 주차되어 있는 반대쪽으로 가고 있었던 모양이었다.

“너도 코딩 학원 말고 영어 학원 다닐래?”

혜윤, 바다와 떨어져 혼자 걸어가던 인영의 등이 쓸쓸해 보였기 때문이다.

인영은 대답 없이 차 문을 열었다. 시동을 끈 상태라 뒷문은 열리지 않았다. 얼른 운전석으로 가서 열림 버튼을 눌렀다. 인영이 뒷자석에 앉으면서 하아 큰 한숨을 내쉬었다.

“할머니가 인영이는 이번에도 안 오냐고 서운해하셔.”

인영에게 말을 건넸다. 대답이 없어 빨간불이 들어온 사이에 고개를 돌리니 인영이가 팔짱을 낀 채 어딘가를 노려보고 있었다. 인영의 얼굴이 가까이에 있는 것처럼 크게 느껴져서 깜짝 놀랐다. 애가 아니구나. 여덟 살, 초등학교 1학년. 지금은 9월이다. 1학년이 된 지 고작 6개월이 지났을 뿐인데 인영은 달라져 있었다. 이목구비와 살, 턱과 목의 경계가 불분명하던 시기를 지나 인영의 얼굴은 어느새 윤곽이 뚜렷해져 있었다.

“할머니가 너보고 깜짝 놀라시겠다. 왜 이렇게 컸냐고. 방학 때는 같이 내려가자.”

인영이 한숨을 내쉬었다.

“대답하기 싫어?”

조용히 하라고 할 때까지 종알거리기를 쉬지 않는 아이였다. 아이의 침묵이 낯설었지만 말하지 않겠다는 아이에게 말하라고 다그치는 엄마는 되고 싶지 않아서 가까스로 입을 다물었다. 좋은 엄마가 되는 일은 착한 딸이 되는 것만큼 어려운 일이었다.

아이를 코딩 학원에 데려다주고 집에 도착하자마자 다시 원고 작업을 시작했다.


*나중에 메일을 찬찬히 읽어 보니 거짓말이 아닌 '첫 거짓말'이었다. '첫 거짓말'과 '거짓말'은 진눈깨비와 함박눈처럼 속성만 같을 뿐, 엄연히 다르다.*


두 번째 문장과 세 번째 문장을 덧붙였다. 글쓰기가 재밌다는 자각이 일었던 첫 순간이 떠올랐다. 강렬한 감정이었다. 그러나 언제부턴가 글쓰기가 두려웠다. 글을 써서 발표하고 나면 평가가 뒤따랐다. 그런 일이 반복되다 보니 글을 쓰는 순간에도 독자의 반응을 의식했다. 남에게 평가받기 위해 쓰는 글은 숙제와 다를 바 없었다. 숙제를 잘하고 싶어서 조바심을 내다 보면 글쓰기 자체를 그만두고 싶었다. 어딘가에 속박되지 않는 글을 쓰고 싶었다. 옹알거림이 아니라 진실을 쓰고 싶었다. 나는 예술을 하고 싶은 걸까. 그러자 얼굴이 붉게 달아올랐다. 남들에겐 들키고 싶지 않은 마음이었다.

다시 화면으로 돌아갔다.

거짓말이야 하루에도 열두 번은 더 하지만 첫 거짓말은 조금 다르다. 아이가 나에게 했던 첫 번째 거짓말은 무엇이었을까? 잘 기억나지 않는다. 내가 오늘 한 거짓말은 무엇이었을까? 하루에도 열두 번은 더 거짓말을 하는 것 같지만 내가 어떤 거짓말을 하는지는 의식하지 않는다. 로스터리 카페에서 마신 핸드드립 커피가 산미는 적고 쓴맛만 강했지만, 맛있다고 했던 것. 그것도 엄밀히 말하면 거짓말이긴 했다. 나는 당신이 내려 준 커피를 좋아하지만 오늘은 별로네요. 이렇게 말했다면 진실일 텐데, 꼭 진실을 말할 필요가 있을까. 거짓말은 나를 위한 것이기도 하지만 상대를 위한 것이기도 하다. 내일은 맛있을 거라는 기대를 버리지 않은 사람의 선량함이 깃든 거짓말을 나쁘다고만 할 수 있을까.

3.

토요일에 아이를 혜윤의 집 앞에 내려 줬다. 혜윤 엄마가 둘을 생일 파티가 열리는 식당에 데려다주기로 했다.

"갈게. 무슨 일 있으면 전화해. 이따가 다시 여기로 데리러 올게."

인영이 고개를 끄덕였다.

지금이 오전 11시 30분. 친정이 있는 연풍에 갔다가 다시 올라

오면 오후 5시 정도 될 것이다. 다섯 시간 반 동안 아이는 내가 모르는 공간에 있다. 언젠가는 몇 시간이 아니라 아예 친구 집에서 자고 오는 날도 있겠지. 캠프나 수학여행도 가게 될 것이다. 상상이 아니라 곧 닥칠 미래였다. 아이가 주먹 쥔 손에서 모래처럼 빠져나가는 상상을 했다. 그 상상이 끔찍해 일부러 주먹을 폈다. 그러자 나비가 되어 훨훨 날아갔다. 그렇다면 그건 보내 주는 걸까 떠나 버린 걸까.

"왜 나와 있어?"

연풍 집 골목에 들어서자마자 엄마가 보였다. 아직 육십 대 후반, 요즘엔 아줌마라고 부를 정도로 젊은 나이인데도 굽은 어깨와 텅 빈 표정 때문에 구십 노파처럼 보였다.

"지금 나왔어."

엄마 말은 거짓말일 것이다. 아마 내가 오기 한 시간 전부터 집 앞 골목을 서성였을 테다. 엄마의 이런 사랑은 나를 질리게 해서 언제나 이곳을 떠나고 싶게 만들었다.

식탁은 내가 좋아하는 것들로 채워져 있었다. 새우젓으로 간을 한 애호박 찌개와 시금치 무침, 강된장과 호박잎 등이었다. 엄마는 마을 회관 운영을 놓고 사람들 간에 큰 싸움이 있었다고 했다. 누가 밥상을 뒤엎고 다시는 마을 회관에 안 오겠다고 했다는 이야기인데, 솔직히 듣고 싶지 않았다.

나는 일부러 휴대폰으로 기사를 읽었다. 기사에도 알고 싶지

않은 내용만 가득했다. 모든 게 지겨워서 한숨을 내쉬자니 엄마
가 내 입을 막으며 복 나간다고 했다.

"아직도 그런 걸 믿어?"

"그러엄. 그런 걸 왜 안 믿어?"

엄마는 이걸 시작으로 다시 아빠 형제들과 엄마 형제들에 대한
이야기를 늘어놓았다. 이모에 대한 질투와 비난, 멸시가 뒤섞인 말
들이었다. 밉다가도 좋고, 좋다가도 지겹다는 이야기였다.

"……십만 원을 보내 왔어. 비타민이라도 사 먹으라고. 돈 한 푼
에 벌벌 떨면서도 내가 감자며 옥수수 같은 거 보내면 절대 입 안
닦아. 왜 할머니가 우리 키울 때 어떤 경우라도 경우 있는 사람 되
어야 한다고 입이 닳도록 말했다고 했잖아. 그걸 배운 거지."

"엄마, 내 첫 거짓말이 뭐였어?"

엄마 말이 지겨워서 딴청을 부리다가 써야 할 소설을 떠올렸다.

"거짓말? 그건 왜?"

"앤솔러지 작업을 하는데 소재가 첫 거짓말이야. 엄마 그거 알
아?《피노키오》에 거짓말하면 코가 길어지는 부분은 몇 페이지
되지도 않는 거. 그걸 보고 어릴 때 얼마나 벌벌 떨었는지."

"너는 코가 길어질 일이 없지. 너같이 거짓말 안 하는 애가 어딨
다고."

엄마는 뭐든 과장되게 말했다.

"엄마, 내가 소설가야. 거짓말하는 게 직업인데 무슨 거짓말을

안 해.”

“진실을 말하고 싶어서 작가 된 거잖아. 그럼 정직한 거지.”

엄마가 여름에 수확해서 얼려 둔 옥수수를 다시 삶고 있었다. 나는 불을 줄이러 가는 엄마의 뒷모습을 보면서 첫 거짓말을 떠올렸다.


그냥 첫 거짓말이 아니라 ‘내가 기억하는 첫 거짓말’이라……면, 열 살이었다.

크리스마스 전날이었고, 방학이 얼마 남지 않은 때였다. 학원 끝나고 집에 가는 길이었다. 오후 다섯 시쯤 됐는데 이미 사위가 어두웠다. 비가, 아니 진눈깨비가 내리고 있었다. 이대로 비가 되면 다행이지만 함박눈이 되면 도로는 꽝꽝 얼 것이다. 눈을 감고도 갈 수 있을 정도로 훤한 길이었지만 검은 그림자들이 나를 무섭게 했다. 집에 한시라도 빨리 가고 싶은 마음에 총총걸음으로 내달리듯 걸었다.

골목을 도는 순간, 검은색 승용차가 툭 튀어나왔다. 마치 검은색 그림자가 육체를 얻어 나를 덮치는 것만 같았다. 몸을 최대한 웅크린 채 눈을 감았다. 자동차가 급하게 서는 바람에 끼익 소리를 냈다. 툭. 몸이 공중에 살짝 떴다 떨어졌다. 넘어지면서 손과 무릎으로 시멘트 바닥을 짚은 탓에 선명한 피가 흘러나왔다.

할아버지라고 하기엔 젊고, 아저씨라고 하기엔 늙은 남자가 차에서 내렸다. 코르덴 바지에 두툼한 검은색 패딩을 입고 있었다.

"괜찮니?"

나는 손과 무릎을 번갈아 보곤 입을 크게 벌리고 울음소리를 냈다. 입으로는 엉엉 소리가 나는데 눈물은 나지 않았다.

"괜찮아?"

남자가 다시 물었다.

"그러니까 조심 좀 하지. 골목에선 천천히 다녀야 돼. 그렇게 갑자기 튀어나오면 어떡해."

내가 입을 열려고 하자 남자가 주변을 살폈다. 우리 둘 외에 아무도 없는 걸 확인하곤 순식간에 표정이 바뀌었다. 마치 숏 소리를 들은 배우처럼.

"너, 일부러 그랬어? 이거 사기야, 사기."

나는 남자가 하는 말을 이해하지 못했다. 나보다 몸집이 두 배나 큰 남자가 사기라고 소리를 지르자 몸이 움츠러들었다. 주위를 돌아봤지만, 도와줄 어른은 보이지 않았다.

남자가 차로 가더니 지갑을 들고 나왔다. 지갑에서 만 원짜리 두 장을 꺼내더니 "연고 사서 발라. 알았어?"라고 했다.

남자는 화를 내고 돈을 줬다. 내가 받을 생각을 하지 않자 남자가 내 옆에 쭈그려 앉으면서 내 손에 돈을 쥐어 주었다.

"몇 살이니?"

남자가 다시 친절해졌다. 좀 전에 화냈던 순간은 잊은 것처럼.

나는 그때까지 한 마디도 하지 못했다.

"초등학교 3, 4학년 정도 돼 보이는데, 차에 치였다고 하면 엄마가 얼마나 걱정하시겠어. 안 그래?"

엄마는 다혈질이었다. 다정할 땐 세상에 이렇게 다정한 사람이 있을까 싶었지만 화를 낼 땐 세상에서 가장 무서운 사람 같았다. 엄마는 중간이 없었다. 엄마는 차에 치였다고 하면 뭐라고 할까? 왜 차를 안 보고 다녔냐고 다그치고 화를 내지 않을까. 그 생각에 이르자 몸이 달달 떨렸다.

"엄마 걱정 시키고 싶지 않지? 그렇지?"

남자가 대답을 요구했다. 나는 고개를 끄덕였다.

"너랑 나만 말 안 하면 아무도 몰라. 여기 봐, 여기. 차가 푹 파였지? 너한테 손해배상 청구할 수 있지만, 딸 같아서 넘어가는 거야. 너도 어떻게 해야 하는지 알지?"

차를 보니 남자의 말대로 헤드라이트 옆이 움푹 파여 있었다. 내가 저기에 부딪힌 건가? 나 때문에 파인 건가?

"알았어?"

남자가 채근했다. 나는 고개를 천천히 끄덕이다 속도를 높였다. 끄덕끄덕. 끄덕끄덕.

남자는 주위를 살피더니 황급히 차로 돌아갔다. 시동을 켜고 후진을 하더니 직진을 했다. 부우웅 소리가 크리스마스이브의 정적을 깼다. 나는 그 모든 걸 남의 일처럼 멍하니 지켜보다가 누군가 "괜찮아요?"라고 묻는 소리에 고개를 돌렸다.

엄마 또래의 아줌마가 나를 유심히 보고 있었다. 내 손엔 만 원짜리 두 장이 들려 있었다. 나는 주먹을 쥐고 두 손을 등 뒤로 숨겼다.

"무슨 일 있었니?"

아줌마가 이내 말을 놓았다. 나는 방금 있었던 일은 절대 말하면 안 된다는 걸 직감했다. 그럼 아줌마는 어떻게든 엄마를 찾아 내 말을 할 테고 그럼 아저씨에게 돈을 물어 줘야 할 터였다. 나는 고개를 저었다. 아줌마가 내 몸을 살폈다.

"손 좀 봐봐."

나는 다시 고개를 저었다.

"다치면 지금 당장은 안 아파도 적절히 치료하지 않으면 후유증이 남아."

아줌마가 하는 말은 허공으로 흩어지고 남자의 목소리는 귓가를 떠나지 않았다. 벗어나야 해. 나는 일어나서 달리기 시작했다.

"저기, 저기."

아줌마의 목소리가 들렸다. 나는 앞만 보고 달렸다. 숨이 목까지 찼을 때쯤 멈춰 섰다. 하아하악. 거친 숨을 몰아쉬었다. 그러자 머리가 핑 돌면서 무릎이 떨렸다. 토할 것 같아 전봇대 앞에서 토악질을 했지만, 침밖에 나오지 않았다.

고개를 드니 진눈깨비가 어느새 함박눈이 되어 있었다.

나는 오늘 있었던 일을 절대 엄마에게 말하지 않겠다고 결심했다. 우리 집은 부자가 아니었다. 엄마는 항상 돈 없다는 말을 입에 달고 살았다. 돈 때문에 화를 냈고 돈 때문에 비굴했다. 돈이란 손에 쥐는 건 어려운데 주먹을 펼치면 여기저기서 달라고 아우성을 친다고 했다. 그런 엄마에게 자동차 수리비를 물어 줘야 한다고 말할 수 없었다.

여전히 손엔 돈이 쥐어져 있었다. 주먹 쥔 손을 폈다. 바람이 불자 만 원짜리 한 장이 날아갔다. 남은 한 장은 손의 땀 때문에 날아가지 못했다. 다른 손으로 만 원을 들어 바닥에 던져 버렸다. 돈이 팔랑거리며 날아가다가 힘없이 떨어졌다. 눈이 조금씩 쌓이기 시작했다. 돈과 함께 나의 거짓말도 파묻히기 시작했다. 돈이 눈에 파묻혀 더 이상 보이지 않을 때가 되자 온몸이 시렸다.

집으로 돌아가는 길, 나는 시시각각 이전과는 다른 내가 되어 갔다.


## 4.


"다음에는 인영이도 꼭 데려와."

엄마는 몇 번이나 당부를 했다.

"엄마도 이모들이랑 여행도 좀 다니고. 집에만 있지 마."

"재밌어야 가지. 다 귀찮아."

우리 집은 그때나 지금이나 부자는 아니었지만 그리 궁색한 편도 아니었다. 마음만 먹으면 여행 정도야 다녀올 수 있었지만 엄마는 모든 게 귀찮다고 했다. 나는 엄마가 일찍 늙은 이유에 대해 생각했다. 엄마는 어린 시절이 있었을까. 엄마의 엄마에게 거짓말을 하고 코가 길어질까 봐 전전긍긍했던 시절이. 엄마의 구십을 상상하는 것보다 엄마의 아홉 살을 상상하는 게 더 어려웠다.

엄마가 싸 준 농작물을 트렁크에 싣고 출발할 준비를 했다. 지금 가면 딱 다섯 시에 도착할 수 있을 것 같았다.

"엄마, 혹시 나 예전에 손바닥 다쳐서 들어온 날 기억나?"

운전석에 올라타며 물었다. 손바닥 다쳐서 온 날이 하루이틀이야,라고 할 줄 알았는데 엄마는 "그럼, 눈 오는 날. 기억하지" 했다.

"초등학교 3학년 때였잖아. 입술은 하얗게 질리고 손바닥엔 피가 흥건했지. 넘어졌냐고 물어도 대답도 안 하고. 그러고 사흘을 앓았잖아. 그걸 어떻게 잊어."

사흘을 앓았다는 건 나도 기억하지 못하는 일이었다.

"한바탕 앓고 나더니 딴사람이 돼 있더라."

"그걸 기억해?"

"그걸 기억 못 해? 부모는 다 알아. 자식은 공기 같은 거야. 아무리 쥐고 있으려고 해도 안 되는 법이야."

창문을 올렸다. 간다는 말도 없이 그대로 출발했다. 왈칵 눈물이 터질 것 같았다. 가까스로 울음을 삼켰다. 아무도 보지 못하는 공간일지라도 울고 싶지 않았다. 백미러를 보니 엄마가 손을 흔들고 있었다. 시선을 돌렸다. 뒤돌아보지 말아야지. 마을을 빠져나가 청주로 가는 도로에 들어서서야 백미러를 봤다. 아무도 없었다.

5.

엄마와 함께 있을 땐 이상할 정도로 아이 걱정이 되지 않았는데, 혜윤의 집에 가까워질수록 걱정이 됐다. 아이는 나 없이 다섯 시간이 넘도록 어떻게 지냈을까.

아파트 단지에 들어서면서 인영에게 전화를 걸었다. 신호가 몇 번 가다가 끊겼다. 다시 걸려고 보니 백미러에 인영이 뛰어오는 모습이 보였다. 언제부터 내려와서 기다린 걸까. 인영이 차 문을 열었다.

"재밌었어?"

인영이 고개를 끄덕였다.

"혜윤이 엄마는?"

"집에 계셔."

부탁하는 처지였지만 서운한 마음은 어쩔 수 없었다.

"걱정도 안 되나."

아이를 맡아 주면 부모에게 인계하는 것까지 책임져야 한다고 생각했다. 혜윤과 바다가 집에 놀러 왔다 갈 때면 꼭 부모 손에 직접 인계했다. 그런데 아이만 먼저 내려보내고 확인도 하지 않는 자세가 마음에 안 들었다. 그래, 내가 너무 예민한 거겠지. 이제 다 컸다고 생각했겠지. 애써 서운한 마음을 눌렀다.

"재밌었어? 할머니가 다음엔 너도 꼭 데려오래."

"재밌었어."

백미러로 아이를 보자 아이가 입꼬리를 올린 채 웃고 있었다.

"뭐 했어?"

"패밀리 레스토랑에서 파스타랑 피자 먹고 키즈 카페에서 놀았어."

"바다 엄마 돈 많이 쓰셨겠다. 네 생일에도 그렇게 해 줘?"

인영의 생일은 두 달이 채 남지 않았다. 혜윤의 생일엔 키즈 카페를 대관해서 놀았고, 바다의 생일엔 친한 친구들 대여섯 명만 초대해 패밀리 레스토랑에서 식사를 했다. 인영은 낯을 많이 가리고 친구를 두루두루 사귀는 편이 아니라 혜윤과 바다만 초대할 가능성이 컸다.

"괜찮아."

인영의 입꼬리는 내가 말을 걸지 않을 때조차 올라가 있었다. 부모는 다 알아. 불현듯 엄마가 했던 말이 떠올랐다.

"애들하고 싸웠어?"

"아니야, 그런 거."

인영이 한참을 딴 생각에 골몰해 있다가 나를 불렀다.

"엄마도 친구랑 싸운 적 있어?"

"왜? 아까 애들이랑 싸웠어?"

나도 모르게 웃음이 나왔다.

"네 나이엔 하루에 열두 번도 더 싸웠지. 싸우고 화해하고 싸우고 화해하고. 그러면서 크는 거야."

"그럼 따돌림은? 따돌림을 당해도 크는 거야?"

"아니, 그건, 좀 다른 문제지."

따돌림에 대해 더 말하려는데 인영이 손으로 귀를 막았다. 더는 말하지 말라는 의미였다. 무슨 일이 있었는지 물으려다 입을 다물었다.

커 가는 과정이겠지. 아이의 일거수일투족을 감시하며, 아이의 기분 하나하나에 반응하고 싶지 않았다. 스토커도 아니고. 집에 도착해서 엄마가 싸 준 된장으로 된장찌개를 끓이고 인영이 좋아하는 조기를 구웠다. 엄마가 인영이 주라고 싸 준 나물은 나만 먹게 될 것이다.

"인영아, 저녁 먹자."

인영은 자고 있었다. 학교에 다니면서부터 초저녁에 잠들 때가 많았다. 시도 때도 없이 자던 시기를 지나 오전 오후 한 번씩 자던 시기, 오전 잠을 건너뛰고 낮잠을 자던 시기가 있었다. 모두 지나갔다. 초등학교에 들어가선 낮잠도 자지 않았다.

키즈 카페에서 얼마나 뛰어놀았는지 머리에 땀이 흥건했다. 수

건으로 머리를 닦아 주다 며칠 전에도 이런 일이 있었다는 자각
이 일었다. 방문을 닫고 나와 반찬 뚜껑을 닫았다. 저녁 한 끼 건
너뛴다고 큰일이 생기는 건 아니었다.

휴대폰 진동이 울렸다. 집이 절간처럼 조용했던지라 진동 소리
도 크게 느껴져 얼른 휴대폰을 들었다. 혜윤 엄마였다. 서운했던
마음이 스르륵 녹고, 내가 먼저 전화했어야 한다는 후회가 들었
다. 어쨌든 아이를 생일 파티 장소까지 데려다주고 데려오는 수고
를 마다하지 않은 사람이었다. 나의 속 좁음을 자책하며 전화를
받았다.

"안 그래도 전화 드리려고 했어요."

내가 선수를 쳤다.

"아니에요, 당연히 제가 먼저 연락드려야죠. 서운하셨죠?"

"아니 무슨 그런 일로."

혜윤 엄마가 서운하냐고 묻는 말에 얼굴이 달아올랐다. 혼자
서운해했을 뿐인데 어떻게 그게 혜윤 엄마에게 전달된 걸까. 얼굴
이 안 보이는 게 다행이었다. 내가 나의 속 좁음을 자각하는 것과
상대에게 들키는 건 다른 문제였다.

"아니에요, 저라도 서운했을 거예요. 아휴, 그게 저도 이런 일은
처음이라 어떻게 해야 할지 모르겠더라고요. 혜윤이 생일이면 제
가 친구끼리 그러는 거 아니라고 따끔하게 혼낼 텐데 바다가 초대
하지 않겠다는 걸, 제가 어떻게 할 수가 없더라고요."

혜윤 엄마의 말이 빨라 내용을 따라잡기 어려웠다.

"인영 엄마?"

휴대폰 너머로 혜윤 엄마의 목소리가 들렸다.

"네에."

"서운하신 건 아니죠?"

확인 사살을 하겠다는 듯이 또 물었다. 이번엔 대답하지 않았다. 아니, 하지 못했다. 말문이 막혔기 때문이다. 몸의 구멍들이 꽉 막힌 느낌이었다.

"여보세요? 인영 엄마?"

나는 전화를 끊었다. 사회적 체면이나 관계를 생각할 여유가 없었다. 식탁 의자에 앉는데 몸이 걸쳐진 기분이었다. 몸이 떨렸다. 인영은 거짓말을 했다.

왜?

……도대체 왜?

인영은 다섯 시간 반 동안 혼자 무엇을 한 걸까? 점심은 먹었을까? 다시 휴대폰이 울렸다. 혜윤 엄마였다. 진동을 무음으로 바꿨다. 머리 속에 땀이 찼다. 창문을 열자 찬바람이 들어왔다. 숨을 토해 냈다.

아아, 그간의 일들이 머릿속을 훑고 지나갔다.

나는 아무것도 몰랐다. 애초에 손엔 아무것도 없었던 것이다.

* * *

“엄마?”

방문이 열리고 인영이 모습을 드러냈다. 나는 식탁에 멍하니 앉아 있었다. 초저녁에서 밤으로 넘어간 지 오래였다.

“으응?”

떨리는 목소리를 들키지 않으려고 짧게 대답했다.

“배고파.”

아이는 배에 손을 얹고 있었다. 가스레인지 불을 켜고 밥통에서 밥을 펐다. 갓 했을 때보다 찰기는 사라졌지만 보온을 해 둔 덕에 뜨끈했다. 아이가 게걸스럽게 밥을 먹어치우는 모습을 보자 내 식욕도 올라왔다. 내 밥도 퍼서 같이 먹기 시작했다. 잘 들어가지 않았지만 식탁에 놓인 음식을 모두 먹어 치우겠다는 기세로 먹었다.

“엄마, 내 생일에 할머니네 갈까?”

“파티 안 하고?”

모르는 척 물었다.

아이가 대답을 하려고 입을 여는데 “그래 그러자”라고 선수를 쳤다. 이유를 들을 필요도 없었다. 밥을 다 먹은 아이가 배를 툭툭 치며 “배부르다”라고 했다. 아이를 유심히 봤다. 아이의 코는 길어지지 않았다.

“할머니 좋아하시겠네.”

"나도 할머니 좋아."

"만나면 용돈 주지 사탕 주지. 안 좋아할 수가 있어?"

"엄마도 할머니 좋아하잖아."

내가 우리 엄마를 좋아했나.

"너한테는 이빨 빠진 호랑이지만 엄마 어릴 땐 얼마나 무서웠는데."

"엄마랑 똑같네."

나는 인영에게 화를 내지 않는다고 생각했다. 화낼 일이 열 번 있으면 꾹꾹 눌러서 겨우 한 번 훈육했다. 그런데 인영은 내가 할머니와 똑같다고 했다.

"엄마도 무섭잖아."

인영은 쐐기를 박았다.

인영은 왜 거짓말을 했을까. 생일 파티에 초대받지 못했다고 하면 내가 화낼 거라고 생각했을까? 아니면 창피했을까? 엄마에겐 창피해하지 않아도 돼,라는 말을 해 주고 싶었지만 하지 않았다. 엄마도 타인이라는 걸, 인영은 벌써 깨달았다.

나는 그때 엄마를 위해 거짓말을 했다. 엄마가 돈을 물어 주게 될까 봐. 한편으로는 그렇게 조심히 다니라고 하지 않았냐고 화를 낼까 봐 겁이 났다. 엄마가 화를 내면 꼭 골목에 혼자 남겨진 것처럼 무서웠다.

인영은 양치를 하고 아이패드로 영상을 봤다. 티니핑은 이제 보지 않는다. 유치하다고 했다. 세 살엔 뽀로로를 좋아했고, 네 살엔 타요, 여섯 살엔 티니핑을 좋아했다. 여덟 살인 지금은 뭘 좋아하는지 모른다. 인영은 이미 나를 통과했다.

잠든 인영의 머리를 쓸어 주고 엄마에게 전화를 걸었다. 인영이 잠든 걸 확인했는데도 걱정이 돼서 방문을 잠궜다. 그것도 모자라 인영의 방과 가장 먼 곳으로 가서 목소리를 가다듬었다.

"무슨 일 있니?"

엄마가 대뜸 물었다.

"왜?"

"이 시간에 전화할 이유가 없잖아."

11시가 훌쩍 넘어 있었다.

"잤어?"

"아니. 드라마 재방송 봤어."

"엄마, 나 그때 무슨 일 있었는지 알아?"

"그때?"

"아까 낮에 얘기한 거."

엄마가 답이 없었다.

"엄마, 알아?"

나는 자꾸 문을 힐끗거렸다.

"엄마!"

다시 엄마를 불렀다.

“한 집 건너 서로 아는 동네인데 그걸 모르겠어?”

“근데 왜 말 안 했어?”

“애, 너 인영이 너무 잡지 마.”

엄마는 좋아하는 드라마 재방송이 나온다면서 서둘러 전화를 끊었다.

엄마는 왜 모른 척한 것일까? 다시 전화를 걸려다 그만뒀다. 엄마는 마음을 먹고 나면 좀체 바꾸지 않는 사람이니까. 그런데 정말 그럴까? 이젠 이마저도 확신할 수 없었다. 인영에 대해서도 마찬가지다. 내 배 속에 열 달을 품었고 걸음마부터 한글을 배우기까지 내 손길이 안 닿은 순간이 없었다. 그러나 그건 내 착각이었다. 인영은 내 손길이 안 닿는 곳에서 자라고 있었다.

만약 인영이 나중에 이 일에 대해 묻는다면 나는 알고 있었다고 해야 할까 아니라고 해야 할까. 가슴 부근에 차가운 바람이 지나갔다.

<h2 style="text-align:center">6.</h2>

인영의 하교 시간에 맞춰 학교 앞으로 갔다. 아이들이 우르르 교문을 통과하고 있었다. 차는 골목에 세워 두고 교문 앞에 서서 인영을 기다렸다. 인영이 터벅터벅 걸어오고 있었다. 그 옆을 혜윤과 바다가 지나갔다. 마치 모르는 사람인 양 인사조차 없었다.

인영은 잠시 멈춰 서서 둘의 뒷모습을 보다 나와 눈이 마주쳤다.

"엄마아!"

인영이 나를 향해 손을 흔들었다.

환한 웃음과 함께.

나도 아이를 향해 손을 흔들었다.

집에 와 파일을 열고 앤솔러지에 실을 단편의 제목을 적었다.


*피노키오는 코가 길어지지 않는다.*

# 위선의 효능

김선정

나는 솔직하고 내숭 없는 사람이 좋다. 그런데 그런 애들은 생각보다 드물다. 그래서 난 친구가 없다. 작년까지는 그래도 친구라고 부를 만한 애들이 있었다. 같은 중학교에서 올라온 여섯 명. 단체 채팅방도 있었다. 아직은 낯선 고등학교에서 서로 정보도 공유하고 생일도 챙겼다. 첫 생일 파티의 주인공은 3월에 태어난 나였다. 서로 그렇게까지 친하지는 않았지만, 카페에서 촛불도 끄고 선물도 받으니까 그것도 나름 괜찮았다. 친구 많고 성격 좋은 애가 된 것 같은 기분이 들었달까. 4월에도 생일 파티를 했다. 누군가의 생일을 챙겨 주는 것도 꽤 기분 좋은 일이었다. 5월 생일자는 우리 여섯 명 중 가장 착하고 성격 좋은 희아였다. 생일 파티 전에 채팅방에서는 여느 때처럼 선물에 대한 이야기가 오고 갔다.

나는 좀 짜증이 났다. 3월에도, 4월에도 생일 파티를 했고 너무 당연하게 생일자는 선물을 받았다. 희아도 알고 있었을 것이다. 아무리 사양해도 친구들은 선물을 할 거라는 걸. 자꾸 착하다고 칭찬을 받아서일까. 희아는 점점 더 착한 척을 했다.



여기까지만 썼으면 그래도 괜찮았을 것이다. 난 꼭 한 걸음 더 나가는 게 문제다.



그 뒤로 다른 채팅이 올라오지 않았다. 희아뿐 아니라, 나머지 네 명도 결국 내 편은 아니었던 것이다. 그럼에도 희아의 생일 파티는 예정대로 진행됐다. 내가 무슨 선물을 가져갔더라? 잘 기억나지 않는다. 파티 분위기는 여느 때와 다름 없었던 것 같은데 난 가시 방석에 앉은 것처럼 불편했다. 희아는 생일 선물을 받으면서 분명히 좋아했다. 그건 선물을 받고 싶었다는 뜻이다. 그런데 왜 마음에도 없는 이야기를 한 걸까? 안 주면 섭섭해할 거면서. 희아는 매번 그런 식이었다. 싫은 것 같은데 괜찮다, 안 좋은 것 같은데 좋다. 친구들은 그런 희아를 칭찬했다.

"희아는 너무 착해. 난 희아가 화내는 거 한 번도 못 봤어."

화를 안 내면 착한 건가? 하필 우리 중에 가장 착한 희아한테 못되게 말한 탓이었을까. 그 일 이후, 난 희아랑도 다른 애들이랑도 멀어졌다. 나는 인사도 없이 채팅방에서 나와 버렸다. 아무도 나를 다시 초대하지 않았다. 내가 나가길 바라고 있었던 거다.

1학년이 다 지나가도록 새 친구는 생기지 않았다. 걔네들을 엄청 잘 맞는 좋은 친구들이라고 생각한 건 아니다. 하지만 끼어 있는 그룹이 있는 것과 없는 건 너무나 큰 차이가 있다. 폭우가 쏟아지는데 우산이 없는 기분이랄까. 겪어 보니 고독이니 외로움이니 하는 건 있어 보이는 게 아니라 그냥 초라한 거였다. 하지만 이제 와서 희아나 애들한테 사과하기도 그랬다. 실제로 싸운 것도 아니고, 나 혼자 채팅방에서 나와 버린 거니까.

* * *

그렇게 고등학교 1학년이 끝났다. 내 인생에서 가장 긴 시간이었다. 2학년이 시작되었고, 그 애들과는 흩어졌다. 희아가 같은 반이 되긴 했지만 신경 쓰지 않기로 했다.

'이제 좀 잘해 볼까?'

1학년이 얼마나 힘들었는지 이런 생각이 절로 들었다. 잘해 보는 게 뭔지는 잘 모르겠지만 어쨌든 다시는 그때처럼 살고 싶지 않았다. 그렇다고 희아랑 다시 친해지고 싶지도 않았다.

2학년이 된 첫날, 교실에 들어가니 나밖에 없었다. 10분쯤 지났을까? 앞문이 열리더니 누군가가 들어왔다. 하루에 열 명은 지나쳤을 것 같은 평범한 남자애였다. 그런데 날 보더니 고개를 살짝 숙였다. 인사를 한 건가? 처음 봤는데 먼저 인사를 하는 남자애는 처음이었다. 걔는 가운데 줄 세 번째 자리에 앉았다. 수업을 열심히 듣겠다는 의지가 드러나는 위치였다.

'공부 잘할 것 같은 매너남.'

그 애에 대한 첫 인상이었다. 걔는 가방에서 물티슈를 꺼내더니 책상과 의자를 꼼꼼하게 닦았다. 그리고 노트 한 권이랑 필통을 꺼내 책상에 반듯하게 놓았다.

'깔끔하기까지.'

내가 받은 두 번째 인상이었다.

조금 있다 아이들이 우르르 들어오고 첫 조회가 시작됐다. 담임은 몇 가지 안내 사항을 전달하고 출석을 불렀다.

"강만수."

"네!"

그 남자애의 이름은 강만수였다. 성이 강씨라서 번호도 1번이었다. 우리 또래 중에는 드문 이름이었다. 내 이름도 요즘 스타일은 아닌데 만수한테는 대지도 못할 것 같았다. 그 뒤로 교시가 바뀔 때마다 강만수는 선생님들에게 한마디씩을 들었다.

"이야, 우리 작은 아버지하고 이름이 같네. 반갑다 만수야."

"강만수? 옛날 야구선수 이름 같은데?"

선생님들은 만수라는 이름을 무척 좋아했다. 덩달아 반 아이들도 만수를 기억할 수밖에 없었다.

잘해 보려고 마음먹은 첫날이었지만 만수 빼고는 아무하고도 교류가 없었다. 사실 만수도 나한테 목례만 한 거니까 교류를 했다고 할 수는 없었다. 원래 첫날은 다 그런 거다.

다음 날, 나는 또 1등으로 교실에 도착했고 그다음에 그 남자애, 아니 만수가 왔다. 어제보다 고개를 더 깊이 숙여서 인사를 하더니 물티슈로 꼼꼼히 청소를 하고 노트와 필통을 책상에 단정하게 올렸다. 두 번째 날도 나는 만수 빼고는 아무하고도 인사도, 대화도 나누지 않았다. 셋째 날 아침, 생각했다. 오늘도 아무도 말을 안 걸면 하루가 끝나기 전에 그냥 내가 먼저 말을 걸어야겠다고. 정 안 되면 희아한테라도 말을 해야겠다고. 그만큼 나는 절박했다. 그날 아침에도 만수가 나 다음 도착했고 인사, 물티슈, 노트, 필통 루틴이 이어졌다.

'재한테라도 말을 걸어야 하나?'

그런 생각을 하던 찰나, 거짓말처럼 만수가 다가왔다. 만수는 민트 껌을 건넸다. 나는 평소답지 않게 고맙다는 말을 크게 하며 껌을 받았다. 인상이 좋아 보이도록 애쓰며 웃어 보이기까지 했다. 그 뒤로도 만수는 계속 말을 걸었다. 단어 시험 준비는 했냐, 1교시가 국어 맞냐 같은 지극히 평범한 말이었다. 누군가에게 억지로 말을 걸지 않아도 된다는 생각에 마음이 편해졌다. 드디어 같이 말할 애가 생긴 것이다. 그렇게 만수와 나는 친구 비슷한 것이 되었다. 친구가 아니라 친구 비슷한 것이라고 말한 이유는 너무 별것 아닌 사이였기 때문이다. 하지만 그 정도로도 안심이 됐다. 학교 일정이나 시험 범위를 물어보고, 컴싸를 빌릴 수 있고, 모둠활동 때 같이 하자고 이야기할 수 있는 그 정도면 충분했다. 생일 파티를 안 해도, 비밀 이야기를 안 해도 괜찮았다. 2주가 지나자 만수 말고도 말을 붙일 애들이 생겼다. 1학년 때를 생각하면 괄목할 만한 성과였다. 물론 가장 친한(?) 애는 만수였다.

"우리 집안이 대대로 단명이래. 그래서 할아버지가 내 이름은 만수, 동생 이름은 무강이라고 지었어."

뭐 엄청난 비밀까진 아니지만 이 정도 이야기를 들었으면 1등 친구 자리에 놓을 만했다. 만수가 이런 얘기를 해 줄 만큼 친해졌을 때 나도 만수에게 속 이야기를 했다. 1학년 때 좀 외롭게 지냈다는 이야기였다. 그래서 2학년 때는 달라지고 싶다는 마음도 조심스럽게 이야기했다. 먼저 말 걸어 줘서 고맙다는 이야기도 하고 싶었지만 그런 이야기를 할 만큼은 솔직해지지 않았다. 만수는 내 이야기를 듣더니 뜬금없는 질문을 했다.

"넌 내가 어떤 애라고 생각해?"

오해는 하지 말길. 고백 같은 건 아니니까.

"부지런하고 깔끔하고 공부 열심히 하고 예의 바르고 붙임성 좋은 애?"

말하고 나니 너무 좋은 말만 해 준 것 같지만 빈말은 아니었다. 그때까지 만수는 나에게 딱 그런 애였으니까.

"그래? 그럼 성공이네."

"성공?"

"너한테 딱 그렇게 보이도록 나를 세팅했거든."

이건 또 무슨 개소리람. 살짝 식은땀이 났다.

"뭘 세팅을 해?"

"많이도 필요없어. 딱 세 번이면 돼."

"대체 뭔 소리냐고."

애써서 만든 사회적 자아가 퇴장하고 본래의 까칠함이 튀어나왔다.

"너 애들하고 잘 지내고 싶다고 했지? 내가 쓰는 방법이 있긴 한데."

강만수는 씩 웃었다. 그리고 나에게 일종의 스킬을 알려 줬다. 일명 '위선의 효능'. '3의 법칙' 확장판 같은 거라고 했다. 3의 법칙은 이런 거다. 길거리에서 한 사람이 하늘을 보면 사람들은 신경 쓰지 않는다. 두 사람이 보고 있어도 별 변화는 없다. 하지만 세 사람이 같은 방향을 보고 있으면 다른 사람들도 다 따라서 보게 된다. 그런 심리 실험 영상을 어디선가 본 것 같긴 했다.

"사람들은 같은 일이 세 번 정도 반복되면 대부분 진실이라고 믿는다 이거지. 그걸 이용하는 거야."

강만수가 위선의 효능을 활용하기 시작한 것은 중학교 3학년 겨울이었다. 담임 선생님이 병가를 내서 한 달만 근무하기로 한 임시 선생님이 강만수를 유난히 좋게 봤다는 것이다. 그전까지 선생님한테 별로 예쁨받은 적 없는 평범한 애였는데 왜 유독 이분은 자기를 좋게 보나 생각해 보니 딱 3의 법칙 때문이었다는 게 만수의 얘기였다.

"의도한 건 아닌데 세 번 정도 좋은 인상을 줄 일이 있었더라고. 첫 번째는, 선생님이 무거운 걸 들고 가시길래 들어 드렸어. 두 번째는, 우리 반 미친 놈이 수업 시간에 엄청 큰 소리로 통화를 하는 거야. 걔가 막 나가는 애거든. 선생님이 혼내는데 들은 척도 안한 거지. 근데 내가 걔 폰을 뺏었어."

"그건 좀 멋있는데?"

만수는 겸연쩍게 웃었다.

"그건 아니고. 나 엄청 졸고 있었거든. 시끄러워서 눈을 떴더니 걔가 내 새 폰이랑 똑같은 걸 들고 있길래 착각한 거야. 수업 끝나고 걔한테 엄청 당했어."

세 번째는 복도에서 선생님을 마주칠 때마다 인사를 한 엄청 사소한 일이었는데, 그 선생님은 지금도 잘 지내냐고 연락을 한다고 했다.

"그게 법칙이라고? 우연 아니고?"

난 생각보다 시시한 이야기에 심드렁해졌다.

"너도 나보고 부지런하고 깔끔하고 예의 있다고 했잖아. 나 원래 학교에 빨리 안 와. 개학 첫날, 날도 추운데 아빠가 차 타고 같이 갈 거면 빨리 준비하라고 해서 어쩌다 일찍 온 거야. 근데 네가 있더라고."

만수는 거기까지 말하고 잠깐 멈췄다.

"부지런해 보인 김에 더 나가 보자 싶었어."

"어떻게?"

"깔끔한 모범생처럼."

만수는 대수롭지 않다는 듯 말을 이었다.

"그래서 뒷자리에 앉으려다 가운데 앉고, 책상도 닦았지. 다음 날도 빨리 등교했더니 또 네가 있더라? 세팅을 제대로 해야겠다 싶어서 며칠 동안 학교에 빨리 왔지."

그러고 보니 요즘은 그렇게 빨리 학교에 오지도 않고 물티슈 청소도 안 하는 것 같다. 하지만 어이 없는 건 난 여전히 만수가 부지런하고 깔끔하고 예의 바른 애라고 생각하고 있다는 것이다. 사람에 대해 한 번 판단한 것은 쉽게 바뀌지 않는 모양이었다. 그렇다고 해서 만수의 말을 다 인정하고 싶지는 않았다. 그렇게 자기

인상을 조작하는 건 사기 아닌가? 사람의 본모습은 드러나기 마련이고 언젠가는 들통이 날 것이다. 나는 만수에게 그런 이야기를 직설적으로 던졌다. 희아에게 그랬듯이. 하지만 만수는 타격이 없었다.

"사람들은 다른 사람의 행동을 대충 보고, 자기 편한 쪽으로 해석해."

만수는 교실 뒤쪽을 힐끔 봤다.

"동권이 있잖아. 넌 걔 어떤 애 같냐?"

"착하고 순한 애 아니야?"

만수는 잠깐 망설이다가 말을 이었다.

"맞아. 근데 체육 쌤은 동권이 되게 싫어해."

"왜?"

"동권이가 지난번 피구 시합할 때 하마터면 체육 쌤 맞힐 뻔 했거든. 다행히 바로 옆 벽을 맞히긴 했지만."

그건 기억난다. 하지만 그건 실수 아닌가? 그런 일로 학생을 싫어한다고?

"동권이가 덩치도 크고 목소리도 완전 저음이잖아. 죄송하다고 사과했는데 내가 봐도 약간 껄렁해 보였거든. 그게 첫 번째야."

만수 말에 의하면 그 뒤에도 동권이 체육 쌤한테 버릇없게 보일 만한 일이 몇 번 더 있었다는 것이다. 물론 동권이 의도한 건 아니었다. 큰 덩치, 걸걸한 목소리, 마침 레슬링하다 다쳐서 뻣뻣

해진 목. 그런 것들이 동권을 인사를 건성으로 하고 사과도 건성으로 하는 애로 만든 것이다. 만수는 어깨를 으쓱했다.

"동권이가 실제로 잘못한 건 없잖아. 몇 가지 우연이 겹친 건데 그냥 체육 쌤이 마음대로 판단을 내려 버린 거지."

만수는 잠깐 말을 멈췄다가 덧붙였다.

"그래서 난 아예 세팅을 하는 거야. 그랬더니 너한테 깔끔하고 수업 열심히 듣는 애로 각인됐잖아."

강만수가 얄밉게 씩 웃었다.

"그래서, 나도 너 같은 기술을 쓰면서 사람을 쉽게 사귀라는 거냐?"

"뭐 참고하라는 거야. 근데 너도 해 보면 알겠지만 절대 쉬운 일은 아니다."

만수가 괴상한 노하우를 나한테 얘기해 준 이유는 잘 모르겠다. 어떻게든 나를 설득시키고 싶었던 건지 자기 기술을 활용하는 모습을 실제로 보여 주기까지 했다. 급식을 받을 때 아이들이 기피하는 반찬을 듬뿍 받았고, 그렇게 몇 번 반복한 결과 급식실 선생님들 눈에 들게 되었다. 나는 만수에게 다른 애들보다 더 큰 닭다리가 가는 것, 감자탕 안에 실한 뼈다귀가 더 많이 든 것을 확인했다. 나는 그걸 보고 만수에게 위선자, 가식덩어리, 소시오패스라고 욕했고, 만수는 내가 특히 음식 앞에서 선택적 분노를 심하게 드러낸다며 싱글거렸다. 만수는 학교 청소를 하는 할머니에게 큰 소리로 인사를 했고, 할머니가 양동이를 옮길 때 도와드려서 할머니는 만수만 보면 손자 삼고 싶다고 칭찬을 했다. 학교지킴이 아저씨도 마찬가지였다. 위선의 효능 법칙은 어른들한테 특효가 있는 것 같았다.

한마디로 만수는 나와 정반대의 법칙으로 세상을 살고 있었다. 나는 맛없는 급식을 맛있다고 아부를 떤다거나 선생님들의 지루한 일장연설을 들을 때 고개를 끄덕여 본 적이 없다. '싫은데 좋다고 말하지 않는다. 좋은데 싫다고 말하지 않는다.' 나의 원칙은 이 정도였다.

하지만 문제는 있었다. 내가 웬만한 건 다 싫어하는 사람이라는 것. 학기가 시작된 지 두 달이 다 되어 가는데도 우리 반 애들 중 마음에 들거나 정상으로 보이는 애가 없었다. 이상한 법칙 이야기를 들은 다음부터는 만수조차도 거슬렸다. 잘해 보자 결심했던 마음은 어느새 흐릿해졌고 심술만 잔뜩 남았다. 애들이 좋다고 하는 건 아이돌이든 웹툰이든 드라마든 다 이상하고 유치했다. 수업도 학교도 지겨웠다. 그렇다고 다른 하고 싶은 게 있는 것도 아니었다. 마음에 드는 게 없으니 기분은 늘 좋지 않았다. 또 병이 도진 것 같았다. 지금이 싫은 병. 지금이 아니라 내일로 모레로 일 년 후로 가고 싶은 병. 하지만 내일도 모레도 일 년 후도 다 결국 지금이 된다. 아침에 거울을 보면 다크서클이 목까지 내려간 듯 피곤에 찌든 얼굴이 나타났다. 입꼬리는 심술궂게 내려와 있고 코

위에 걸친 뿔테 안경은 얼굴의 반을 가렸다. 오후만 되면 머리가 떡지고 걸핏하면 두드러기, 재채기, 콧물 쓰리콤보가 나를 괴롭혔다. 맞다. 내가 싫어하는 것 중 가장 싫은 건 바로 나였다. 얼굴, 성격, 코, 다리, 머리카락, 오른쪽 겨드랑이에 있는 점까지 나의 모든 것이 싫었다. 그리고 이런 나를 아무도 좋아할 리 없다는 생각에 외롭고 슬펐다.

그날도 나는 피곤과 무력감에 찌든 채 왼쪽 볼을 책상에 딱 붙이고 지겨운 교실 풍경을 쳐다보고 있었다. 만수는 여전히 혼자만의 실험을 하고 있었다. 이번 타깃은 다리를 다쳐서 두 달간 깁스를 해야 한다는 반장인 모양이었다. 주로 어른들을 공략하던 만수가 또래로 노선을 바꾼 것이다. 처음에 다리를 다쳐서 왔을 때는 애들이 이것저것 도와줬는데 2주가 지난 지금은 아무도 반장을 도와주지 않았다. 반장도 웬만하면 자기 일을 스스로 하려고 애쓰고 있었다. 이때 만수가 나선 것이다. 만수는 1층에 있는 시청각실까지 반장을 거의 업다시피 해서 데려다줬다. 비가 억수같이 와서 흠뻑 젖어 버린 압박 붕대 때문에 찝찝해하는 반장에게 보건실에서 새 압박 붕대를 받아서 꼼꼼하게 새로 감아 주기까지 했다. 만수는 새 압박 붕대를 받아 온 것도 다 자신의 법칙 덕이라고 했다. 보건 선생님에게 만수는 '아픈 친구까지 챙기는 성숙한 학생'이라는 것이다.

"압박 붕대 하나 받는 데 그 정도 이미지 세팅이 필요하다고?"

"야, 압박 붕대 잘 안 줘. 전에 선배들이 압박 붕대로 미라놀이 하고 친구 입 막고 협박까지 하는 바람에. 구하기 어려운 물건이라니까? 나 정도 되니까 준 거야."

내가 코웃음을 치든 말든, 만수는 어느새 반장에게 둘도 없는 의리남이자 신뢰의 아이콘이 되어 있었다. 만수 말대로라면 이번에도 '잘 먹힌' 셈이었다. 그렇게 만수의 학교생활은 조금씩, 확실히 편해졌다.

국어 시간마다 만수는 정자세를 유지했다. 선생님의 눈을 뚫어지게 쳐다봤고 규칙적으로 고개를 끄덕였다. 국어 선생님은 그런 만수를 수업에 성실하게 참여하는 아이, 국어를 좋아하는 아이로 알고 있는 모양이었다. 국어 점수가 낮게 나오면 만수보다 더 안타까워하며 격려했다. 체육 시간에도 만수는 요령이 있었다. 공이나 기자재를 깔끔하게 정리하고, 누구나 대충하는 준비운동에 심혈을 기울였다. 특히 인사를 중요시하는 꼰대 체육 선생님에게 하루에 열 번을 만나도 정중하게 인사했다. 두 선생님은 다른 반에서는 화를 내기로 유명했지만, 우리 반에서는 유난히 칭찬을 많이 했다. 반장이 만수를 자주 치켜세운 것도 한몫했다. 신뢰도 높은 반장이 앞에서 만수를 칭찬하니, 반에서 만수의 이미지는 더 좋아질 수밖에 없었다. 만수의 말을 들은 후부터는 그런 모든 행동들이 타이밍에 맞춘 의도된 행동, 기획된 선행으로 보였다. 하지만 다른 애들에게 그런 건 잘 안 보이는 모양이었다.

처음 만수를 봤던 날이 문득 떠오른다. 그날 아침, 나는 '이제 좀 잘해 볼까' 하는 생각으로 평소보다 일찍 학교에 왔다. 하지만 두 달이 지난 지금 난 조금도 잘하고 있지 않다. 만수는 저토록 행복하게 지내고 있는데 말이다. 만수에 대한 괜한 적개심과 잘해 보고 싶다는 열망이 동시에 뭉게구름처럼 피어올랐다. 이제 더 이상 이렇게 살고 싶진 않다는 마음과 나도 만수처럼 하면 달라질 수 있지 않을까 하는 묘한 궁금증도 뒤섞였다. 만수를 통해 이미 검증이 된 방법을 시도해 보는 것도 나쁘진 않은 것 같았다. 어차피 나에 대해서 다들 잘 모른다. 새로운 나의 모습을 보여 줄 사람으로 누구를 정해도 상관은 없을 것 같았다. 나는 찬찬히 교실을 둘러보았다. 수연. 교복 단추를 끝까지 잠그고 머리를 단정하게 빗어서 묶고 다니는 아이. 친구가 많진 않았지만 호감 가는 얼굴에 잘 웃고 다른 애들이랑 갈등을 일으키는 일도 없어 보였다. 수연이 눈에 들어온 건 며칠 전 우연히 봤던 수연의 노트 때문이다. 노트에는 이런 낙서가 적혀 있었다.

"너무 힘들다. 하늘이 내린 고독이라는 말이 실감난다."

누군가 보라고 적어 놓은 듯 오글거리는 낙서였다. 어쨌든 수연은 '하늘이 내린 고독'이라는 표현을 쓸 만큼 힘들고 외롭다. 나도 힘들고 외롭다. 나는 수연의 고독에 깊이 공감해 주고 누구보다 수연을 잘 이해할 것 같은 어떤 사람을 상상했다. 그 애는 어떤 애일까? 평소에 말이 많지 않지만 중요할 때 맞장구를 쳐 주고 어려울 때 도와주지만 딱히 생색을 내지 않는 그런 아이겠지? 나도 그런 친구를 좋아한다. 늘 그런 친구가 나타나 줬으면 하고 바랐었다. 그런데 만수는 나랑 반대였다. 그런 애를 기다리는 게 아니라 자기를 그런 애로 만들었으니까. 스스로에게 물었다.

'나도 나를 그런 사람으로 만들어 봐? 수연이에게 나타나면 좋을 친구로?'

단 한 번도 해 보지 않았던 생각에 가슴이 쿵쾅거렸다. 지금까지와 완전히 반대로 살아 본다면 완전히 다른 삶이 시작될 수도 있잖아? 나는 그렇게 해 보기로 했다.

역시 무언가를 간절히 바라는 사람에게 기회가 오는 것인가. 결심을 한 지 얼마 되지 않아 기회는 찾아왔다. 수연과 체육 수행평가 모둠이 된 것이다. 수행평가 종목은 배구였다. 네 명이서 간이 경기를 하며 리시브, 서브, 스파이크 같은 기술을 한 번 이상 써야 하고 짝끼리 오버 핸드, 언더 핸드 토스를 주고 받으면 된다. 수연은 나랑 같은 모둠에, 짝도 되었다. 연습 시간은 한 달, 체육 선생님은 향상도를 중심으로 보겠다고 덧붙였다. 사실 체육 수행은 절대평가에다 입시에 별로 중요하지도 않아서 신경 쓰는 애들이 별로 없었다. 수연도 그럴 거라고 생각했는데 뜻밖에 나에게 연습을 따로 하자고 했다. 내 결심이나 의도를 알고 있는 것처럼. 행운처럼 찾아온 이 기회를 놓칠 수는 없었다. 내가 수연과 친해지고 싶다고 하자 만수는 금방 내 말을 알아챘다.

“친해지려면 배구를 잘해야 하지 않겠어? 그래야 수연이도 너랑 연습을 많이 할 거 아냐. 나 초등학교 때 농구교실 꽤 오래 다녀서 공 잘 다뤄.”

만수와 동네 놀이터에서 만나 토스 연습, 리시브 연습을 했다. 만수가 스파이크를 넣기 좋게 올려 주는 연습도 했다. 수연이가 스파이크를 잘할 수 있도록.

“연습하다 보면 손목이나 손가락에 공이 착 달라붙는 느낌이 와.”

손에서 공을 안 놓고 계속 튀기고 던지고 받고 자기 전까지 공을 달고 다닌 지 일주일이 되자 공이 손에 익기 시작했다. 착 붙는 느낌까진 아니어도 공이 나를 좋아하는 강아지처럼 느껴지긴 했다. 원하는 방향으로 공을 보낼 수도 있었다.

나는 수연과 연습을 시작했다. 받기 좋게 공을 토스해 주고 받는 요령도 알려 줬다. 수연은 꽤 놀라는 눈치였다. 아마 나에 대한 기대가 하나도 없었겠지. 나를 어떤 애로 생각했는지 대충 감이 왔다. 선입견을 깬다는 건 꽤 괜찮은 일이었다.

몸으로 하는 건 약간의 기술과 요령을 익히면 어느 정도 수준으로는 하게 된다. 그리고 잘하게 되면 당연히 재미가 붙는다. 다음 체육 시간에 보니 우리 모둠 애들은 다들 공을 잘 다루는 편이었다. 다른 모둠 애들은 공만 보면 피하기 일쑤고 토스고 리시브고 기본이 안 되어 있었다. 체대 갈 것도 아닌데 체육 수행 잘 봐서 뭐 하냐며 정말 대충했다. 우리 모둠은 나랑 수연이 워낙 열심히 해서 그런지 분위기가 꽤 좋았다.

"경주야, 나 배구가 재밌다고 생각한 적 없는데 해 보니까 너무 재밌는데?"

두 번째 연습이 끝나고 수연이가 활짝 웃으며 말했다.

"그치. 나도 재미 붙이고 나니까 공이 안 무서워. 사람들이 왜 그렇게 열을 내고 운동을 하나 했더니 이제 이유를 좀 알겠어."

나는 이렇게 길고 다정하게 대꾸하는 사람이 아니다. 하지만 수연의 말에는 성의를 다해 맞장구를 쳤다.

"너도? 난 피구 할 때 제일 먼저 맞고 나오는 유형인데. 도망 다니느니 그냥 얼른 맞고 나오는 게 맘 편해서."

나는 웃으며 고개를 끄덕였다. 사실 난 피구 할 때 끝까지 살아남는 쪽이긴 했지만 굳이 그걸 밝힐 필요는 없다고 생각했다. 우리는 연습을 끝내고 편의점에서 아이스크림을 사먹었다. 난 우유가 들어간 쪽보다는 시고 쨍한 빙과류를 좋아하는데 수연도 그랬다. 우리는 새로 나온 자두맛 빙과를 샀다. 아직은 할 이야기가 체육 수행밖에 없어서 자연스레 그 이야기를 하게 됐다.

"아무리 체육 수행이지만 애들이 너무 성의가 없어서 좀 그래."

수연은 싫다도 아니고 화난다도 아니고 좀 그렇다고 했다. 역시 나하고는 다르다.

"다른 과목 수행을 열심히 하는 것도 아니면서 체육이니까 열

심히 안 한다고 하는 거 너무 웃기지 않냐? 딴 과목 때도 맨날 졸
던데. 체육 시간에는 졸지는 않으니까 그나마 나은 건가?”

내 말에 수연이 웃음을 터뜨렸다.

“넌 그런 말을 아무 표정도 없이 하냐. 근데 그게 더 웃긴다. 속
이 뻥 뚫려.”

어, 이건 의도한 게 아니었다. 나는 수연에게 다정하고 친절하고
아픔을 알아주는 착한 친구가 되고 싶었는데, 수연은 내가 속이
뻥 뚫리게 말해서 좋다고 했다. 혹시 너무 세게 말했나 걱정했는
데 착한 수연이 내 뒷담화를 듣고 좋아하다니. 그런데 그런 수연
이 또 맘에 들었다. 사실 나도 체육 수행을 그렇게까지 열심히 하
고 싶은 건 아니지만 너 때문에 열심히 하는 거라고 얘기하려다
참았다. 대신 수연에게 멍 크림을 건넸다.

“팔목에 멍 들 거야. 집에 가서 냉찜질도 해야 돼. 내가 피부가
약해서 멍이 엄청 잘 들거든. 그래서 이 크림 집에 많아.”

“고마워, 경주야. 감동이야!”

기분이 좋았다. 내가 엄청 괜찮은 사람처럼 느껴졌달까. 그런데
동시에 찜찜한 마음이 들었다. 나는 수연이 좋은 걸까? 수연이 나
를 좋은 사람으로 봐 줘서 좋은 걸까? 내가 그다지 좋은 애가 아
니라는 걸 나는 아니까. 하지만 마음 맞는 친구와 집에도 같이 오
고 다른 애들 뒷담화도 같이 하면서 웃는 건 신나는 일이었다.

집에 와서 만수에게 메시지를 보냈다.

만수에 의하면 반장은 생각보다 더 착하고 좋은 애였다. 도무지 다른 사람이 자기를 속이거나 잘 보이려 할 거라는 생각 자체를 안 하는 것 같다는 거다. 실제 만수가 한 일보다 훨씬 더 크게 칭찬을 하고 좋은 애라고 치켜세운다고 했다.



어른들이 칭찬하고 아는 척하는 만수에게 반장은 감탄을 아끼지 않았다.

"난 어른들이 어려워서 인사도 잘 못 하는데 너 진짜 대단하다."

만수는 어쩐지 창피했다고 했다. 다른 사람들한테 그런 이야기를 들었을 때는 아무렇지 않았는데 반장같이 착한 애가 진심으로 그런 이야기를 하니까 정말 사기꾼이 된 기분이었다고. 만수 말을 듣다 보니 만수한테 위선자에 가식덩어리라고 했던 말이 생각나서 좀 미안해졌다.

그럼 나는? 난 수연 앞에서 어떻게 하고 있는 거지? 나도 찔렸다. 그래서 더 만수 편을 들었다.

그러게. 솔직하지 못하다고 희아에게 핀잔을 주고 착한 척하는 만수에게 재수없다고 화내던 내가. 알고 보면 제일 이상한 애는 나인 것 같다. 하지만 수연에 대한 내 호의는 거짓이 아니다. 그렇다고 해서 완전히 솔직한지도 모르겠다. 마음이 복잡했다. 1학년 때는 훨씬 더 분명했던 것 같은데. 맘에 드는 것과 아닌 것, 좋은 것과 싫은 것, 솔직한 것과 가식 떠는 것. 그런 것들이 잘 구분됐던 것 같은데……. 그때 메시지가 왔다. 수연이였다. 오늘 저녁에 배구 연습 같이 하자는 메시지였다. 생각할 것도 없었다. 나는 동네 공원에서 보자고 답을 보냈다. 만수 때문에 심란했던 마음은 온데간데없어졌다.



내가 봐도 성의가 없었지만, 지금은 배구 연습이 중요했다.

수연은 진심 배구가 재밌어진 모양이었다. 손목에 파스를 잔뜩 붙인 채로 토스 연습에 열중했다. 내 팔이 다 아픈 것 같았다.

"내가 배구를 이렇게 좋아하게 될 줄 몰랐어. 다 네 덕분이야."

수연은 이런 말을 참 잘한다.

"네가 열심히 해서 그렇지. 내가 한 게 뭐 있다고."

아마 1학년 때 친구들이 지금의 나를 보면 깜짝 놀랄 거다. 희아는 더 놀라겠지. 그런 생각을 하니 새삼 희아한테 너무했다는 생각이 들었다. 난 수연과 아이스크림까지 야무지게 먹고 헤어졌다. 수연이 추천한 아이스크림은 맛이 없었지만 나는 맛있다고 호들갑을 떨었다. 나는 맛없는 걸 맛있다고 하는 사람이 아니다. 대놓고 맛없다고 하진 않더라도 최소한 맛있다고 거짓말을 하진 않는다. 그런데 오늘 그걸 했다. 나 대체 왜 이러는 거지? 수연에게 그렇게나 잘 보이고 싶은 건가? AI에게 물어보기로 했다.

AI야말로 가식적인 존재다. 뭐든지 잘했다고 하고 뭐든지 좋게 해석해 준다. 거짓말이 다 거짓말이지 검은 거짓말이 있고 하얀 거짓말이 있나. 그런데도 어쩐지 위로가 되었다. 나는 수연에게 잘 보이고 싶은 게 아니라 수연을 실망시키고 싶지 않았던 거다. 내가 좋다고 생각한 걸 내가 좋아하는 사람도 좋아할 때 그 기쁨을 나도 안다. 잘 보이고 싶은 마음과 실망시키고 싶지 않은 마음과 기쁘게 해 주고 싶은 마음과 나를 좋아했으면 하는 마음은 뭐가 어떻게 다른 걸까? 또 AI한테 물어볼까? 하지만 AI에게라도 더 이상 마음을 들키고 싶지 않아서 그만뒀다.

＊ ＊ ＊

배구 수행이 끝났다. 수연이 나보다 더 높은 점수를 받았다. 난 긴장을 해서인지 연습 때 잘되던 토스를 몇 개나 놓쳤다. 하지만 상관없었다. 수연도, 나도 방방 뛰며 좋아했다.

"정말 축하해. 연습한 보람이 있네."

"그니까. 근데 넌 B 받아서 어떡하냐. 네가 나보다 더 잘하는데."

"무슨 소리야. 네가 잘해서 점수 잘 받은 거잖아. 난 괜찮아."

수연이 교무실에 들렀다 온다고 해서 혼자 교실로 향하는데 누군가 내 어깨를 잡았다. 희아였다. 같은 반이었지만 이야기를 안 한 지 한 학기가 다 되어 간다.

"오경주. 너 몰라? 수연이 쟤 일부러 너랑 같은 조 한 거?"

희아의 말투와 표정이 낯설었다. 눈웃음을 짓고, 애기처럼 귀여운 말투였는데. 그리고 희아의 말이 무슨 소리인지 좀처럼 이해가 되지 않았다.

"수연이가 나랑 일부러 한 모둠을 했다고?"

"모둠 짤 때 일부러 나랑 자리 바꾼 거잖아. 너희 모둠 들어가서 점수 잘 받으려고."

"그게 뭔 소리야?"

"너 왜 이렇게 말을 못 알아들어? 수연이 걔 일부러 자리 바꾼 거라니까? 너희 모둠 다 운동 잘하잖아. 우리 모둠 애들은 공만 보면 벌벌 떨고 수행에 관심도 없어. 공이 아예 뜨질 않는다니까. 수연이 체대 준비하잖아. 그리고 딱 보니까 너는 되게 받기 좋게 주는데 걔는 은근 어렵게 주더만. 쌤이 눈치 못 채게 지능적으로."

"수연이가 체대를? 체육 안 좋아하는 것 같았는데."

"뭔 소리야. 걔 체육 엄청 잘해. 진짜 재수없네. 넌 우리한테는 세상 시크한 척이더니 수연이한테는 완전 바보구나?"

희아의 말이 거칠었다. 그러니까 희아 말에 따르면, 수연은 수행 점수를 잘 받으려고 일부러 자리를 바꿔서 희아 대신 우리 모둠에 들어왔고 나랑 짝까지 했다는 것이다.

"내가 니네 모둠 갔으면 나도 A였는데 짜증 나. 아, 괜히 자리 바꿔 줬어."

희아는 얼떨결에 자리를 바꾸는 통에 수행 점수가 낮게 나왔다고 신경질을 냈다. 자기 모둠은 애들 실력이 다 엉망이고 의지도 없어서 김연경이 들어왔어도 C를 받았을 거라는 거다. 그런데 희아는 왜 이렇게 체육 수행에 목숨을 거는 걸까?

"아마 너랑 친한 척한 것도 연습 상대 필요해서 그랬을걸? 누가 체육 수행 연습한다고 시간을 내 주냐?"

나는 희아의 이야기보다 변해 버린 희아 때문에 더 놀랐다. 생일 선물도 사양하던 애가 체육 수행 점수 때문에 이렇게 남 욕을 하고 화를 내다니.

"근데 너 되게 달라졌다."

내 말에 희아가 눈을 치켜떴다.

"뭐가?"

"아니, 그냥."

나는 우물쭈물했다. 예전 같으면 직설적으로 이야기했겠지만 어쩐지 그런 말까지는 나오지 않았다. 희아가 픽 웃었다.

"달라진 건 오경주 너지. 진작 좀 이렇게 살지 그랬냐. 맨날 다크 모드더니 요즘 세상 행복해 보이더라?"

희아가 나를 그렇게 보고 있었구나. 내 표정이 그랬나? 세상 행복해 보일 정도로?

"너도 수연이도 다 짜증 나. 수행 점수도 개떡 같고."

희아는 몇 마디를 더 내뱉고 나를 째려보더니 휙 가 버렸다. 멍했다. 그러니까 수연이 체육 수행 점수를 잘 받고 싶어서 나한테 친한 척을 하고 나랑 같이 아이스크림 먹고 배구 연습까지 같이 하자고 했다고? 체육 엄청 잘하면서 못하는 척하고 일부러 토스도 나쁘게 주고? 말도 안 된다. 수연은 자기 노력으로 A를 받은 거다. 수연과 같은 모둠을 안 했으면 나는 A를 받았을까? 그런데 A를 받아서 뭐 하게? 희아는 수연이 일부러 공을 나쁘게 줬다고 했지만 나는 전혀 느끼지 못했다. 희아가 왜 그렇게 화가 난 건지도 모르겠고 희아 말도 믿기 힘들었다. 왜냐하면 내가 본, 내가 아는 수연은 그런 애가 아니었으니까. 배구 수행 점수를 수연이 나보다 잘 받은 건 하나도 중요하지 않았다. 원래 체육을 잘한다는 것도 괜찮았다. 생각해 보니 수연은 피구 할 때 공을 맞고 빨리 나오는 게 마음 편하다고 했지 체육을 못하거나 싫다고 하지는 않았던 것 같다. 나는 희아의 말 같은 건 무시하기로 했다.


* * *


그런데…… 배구 수행이 끝난 후, 거짓말처럼 수연은 나에게서 멀어졌다. 쉬는 시간이 되면 수연은 엎드려 자기 바빴다. 점심 시간에도 자거나 밥을 따로 먹겠다고 했다. 표정이 딱딱하고 말이 없었다. 내가 말을 걸면 대답하긴 했지만 더 이상 수연은 나를 위해 시간을 내 주지 않았다. 배구 수행이 끝나고 나니 뭘 같이 하자고 할 핑계도 없어졌다. 무슨 일이 있냐고 물어보고 싶었지만 희아의 말이 생각나서 무서웠다. 나를 더욱 힘들게 한 것은 마음 한 켠에서 슬며시 들려오는 다른 목소리였다.

'배구 수행이 끝나서가 아니야. 네가 별로라는 걸 알게 된 거겠지.'

어느 쪽이든 상처받는 건 마찬가지였다. 내가 수연에게 별로여서든, 수연이 나쁜 의도로 나에게 접근했든. 하지만 나도 수연과 일부러 친해지려고 했다. 어떻게 결론을 내려도 엉망이었다. 결국 이렇게 됐다. 잘해 보려고 발버둥친 결과는 결국 또 혼자다. 이번에는 작년보다 더 타격이 컸다. 머리가 아프고 심장이 빨리 뛰었다. 숨 쉬는 것도 어쩐지 자연스럽지가 않았다. 마음이 아프면 몸도 덩달아 아프다는 게 이런 건가. 어떻게 해도 나 같은 애는 친구라는 걸 사귈 수 없을 것 같다는 생각이 자꾸 들었다.

나는 이 모양인데, 만수는 반장이랑 여전히 잘 지냈다. 난 비겁하게도 이 사달의 책임을 만수에게 뒤집어 씌우고 싶어졌다. 다 강만수 때문이다. 강만수의 요상한 법칙 같은 것 때문에 다 꼬인 거다. 만수가 미웠다. 오늘은 만수가 딴 일이 있는지 반장만 남아서 교실 정리를 하고 있었다. 얘도 참 얘다. 나는 반장이 정리하는 모습을 보면서 꼿꼿하게 앉아 있었다. 정리를 다 끝낸 반장이 교실 불을 끄려다 말고 나에게 말했다.

"안 가?"

"갈 거야."

"언제? 교실 불 끄고 문 잠글 건데."

"나랑 잠깐 얘기 좀 할 수 있어?"

"왜?"

왜긴, 만수의 실체를 밝히려고 그러지.

"잠깐이면 돼."

"그래? 그럼 교문까지 걸어가면서 해도 돼? 나 곧 학원 차 타야 해서."

나는 반장과 교문까지 천천히 걸었다. 뭐라고 말을 시작해야 되지?

"너 만수랑 그전에는 안 친했던 거 맞지? 요즘 보면 태어날 때부터 친했던 것 같더라."

"너도 만수랑 친하잖아. 만수가 네 얘기 많이 해."

만수가 내 얘기를? 궁금했지만, 얼른 본론으로 돌아왔다.

"너 만수 어떻게 생각해? 만수가 어떤 애인지 잘 알아?"

"어느 정도는? 남 잘 도와주고, 배려하고, 착하잖아. 나 다쳤을 때도 많이 도와주고. 근데 왜?"

"그거 만수가 일부러 그런 거야."

“뭘 일부러 그랬다는 거야?”

“너랑 친해지려고 일부러 접근한 거라고.”

난 수연의 의도에 대해 말해 주던 희아의 포지션이 되었다. 만수가 사람에게 접근하는 방식, 만수가 나에게 말해 준 3의 법칙, 위선의 효능 따위에 대한 이야기들을 줄줄이 읊었다. 그런데 이상했다. 말을 하는데 점점 만수가 아니라 나 자신이 별로라는 생각이 들었다. 그건 반장의 반응 때문이었다. 반장의 표정은 너무 평온했다. 놀라지도 충격을 받은 것처럼 보이지도 않았다. 아마도 희아 얘기를 들을 때 나도 비슷한 표정이었을 것 같다. 가까스로 이야기를 끝냈다. 희아도 나한테 이야기할 때 이런 기분이었겠구나. 반장은 잠시 머뭇거리더니 입을 뗐다.

“난 괜찮은데⋯⋯. 남 도와주고 말 예쁘게 하고 지각 안 하고 그런 거 아무나 할 수 있는 거 아니잖아. 그럼 갈게!”

그게 끝이었다. 기분이 처참했다. 희아의 표정이 왜 점점 심술 궂게 변했는지 알 것 같았다. 반장을 태운 학원 버스는 기세 좋게 출발했다. 텅빈 교문 앞에 나만 남았다. 그 상황을 보고 있기라도 했던 것처럼 만수에게서 메시지가 왔다.

반장 이름이 상준이었군.



이 자식, 그러니까 나의 실패를 교훈 삼아 반장한테 선빵을 치겠다는 거군. 그런데 강만수는 반장한테 무슨 말을 하려고? 원래 자기는 나쁜 애라고? 근데 강만수가 나쁜 앤가? 다친 친구를 도와주고 아침에 일찍 와서 책상 정리를 깔끔하게 하고 어른한테 인사 잘 하는 강만수. 난 그게 위선이라고 했지만 좋은 사람이 아닌 강만수의 모습을 본 적은…… 없는 것 같다. 뭐야, 그럼 반장 말대로 원래 강만수는 그런 사람인 건가? 만수가 실제로 어떤 사람인지 내가 알기는 하나? 머릿속이 엉킨 실타래로 가득 찬 것 같다. 그때 이 복잡한 고민을 와장창 깨부수는 우렁찬 소리가 들렸다.

"경주야! 같이 가!"

수연이 체육관 쪽에서 뛰어오고 있었다.

"경주야. 아이스크림 먹으러 가자."

수연이 가쁜 숨을 몰아쉬며 말했다.

"체대 입시학원 집중 주간이라 너무 바빴어. 피곤해서 학교에서 맨날 자고, 식단 조절하래서 도시락 싸갖고 다니고. 아이스크림도 못 먹고."

갑자기 머릿속 엉켰던 실뭉치가 한 번에 풀어지는 듯했다. 그럼 나한테 말이라도 좀 해 주지 원망하고 싶었지만 얼른 말을 삼켰다. 그런 말로 지금을 망치고 싶지 않았다. 수연은 가쁜 숨을 내쉬며 말했다.

"나 체중관리방 오늘 탈출했어. 이제 인증사진 안 보내도 돼. 아이스크림 먹으러 가자. 망고스틴 맛 나왔대. 너무 궁금하지 않냐?"

난 힘 있게 고개를 끄덕였다. 그리고 급하게 만수에게 답장을 보내며 편의점으로 향했다.



만수가 보냈을 메시지 알림이 쉴 새 없이 울렸지만 확인하지 않았다. 그래, 내가 어떤 사람인지 수연이 어떤 사람인지 만수가 어떤 사람인지 희아가 왜 변했는지 그만 생각하자. 그런 건 일단 수연과 망고스틴 맛 신상 아이스크림을 먹고 천천히 생각해도 되잖아. 지금은 망고스틴 맛이 너무 궁금하니까.